猫の雨傘と僕のいる場所

倉澤兎

KURASAWA HANERU

幻冬舎MC

猫の雨傘と僕のいる場所

目次

プロローグ

夢の中の僕は、いつも伏目がちにバス停から大学のゼミの校舎に向かう坂道を歩いている。運動部の学生であろうか。スポーツバッグを肩にかけた男女が脇をすり抜け追い越していった。その二人の姿を目で追うように、僕は坂道の先にある校舎の階段を見上げる。するとそこには、ショートカットの髪の「耳」がとても印象的な女性が立っている。誰かを探しているような仕草の女子学生の姿である。

「はっ！」思わず彼女のことを認めた瞬間に、そのシーンには唐突にＥＮＤロールが流れ夢から目が覚める。

「ふ〜っ……」深いため息が無意識に口をつく。その夢のＥＮＤロールは、いつも焦点がぼやけている。

気圧の関係であろうか。少し痛みのするこめかみと目頭を指で押さえながらベッドから身体を起こした。

五月になると、四月とは比べものにならないほど朝が早くなる。以前から朝は早かったが、故郷に戻ってからはこれまでにも増して早く目覚めるようになった。五月も半ばを過ぎ、ベッド脇の窓ガラスが薄青墨色に変わり始める頃になると、遠くから草刈り機のエンジン音が聞こえるようになった。五月から六月にかけての雑草の伸びは一年を通して最も早い。尤も、これまで過ごしてきた都会暮らしでは、意識することすらなかったのだが。

毎日のように聞こえてくる草刈り機のエンジン音が、耳の奥を蹴飛ばし連打する目覚まし時計の役割を果たしたわけではない。墨色の空が薄《うっす》らと青みがかる頃になると、窓からの僅かな彩光で瞼が自然と動き出すようになった。

ただ敢えて早起きの理由を挙げるなら、一つには単純に寝る時間が早くなったこと。つまり独身生活の気軽さ故に、自らの帰宅時間を強制的に遅くしていたネオン街の明かりが金銭的な余裕も含めてであるが、日常の行動範囲に含まれなくなったこと。そしてもう一つは最近よく見る「夢」が関係していた。

僕はバブル経済の始まりとされる年の三月末日で、それまで四年ほど勤めた会社を依願退職して母の住む故郷に戻ってきた。あれから二か月が過ぎようとしていた。

田舎の住人たちは押しなべて詮索好きなのである。

「佑《ゆう》君、戻ってきとるの？　どうしたん。何かあったんか？」

などと何かの拍子に戻ってきた理由を尋ねられると、

「一人暮らしの母が心配やから……」

と笑いながら答えることにしていた。

これが彼らの尽きない詮索好きと好奇心を、それ以上深化させない最も簡単な方法であることに気がついたのは、故郷に戻り一か月ほど過ぎた頃であった。実のところ二十五歳になった頃から劉廷芝の「年々歳々」や芥川の言葉にある「漠然とした不安」といった厭世感が、アメーバが増殖するように育ち始めた。その理由の大部分は、従来から僕の心の底に居座って離れない怯懦《きょうだ》（生来の傷つくことにとても敏感で臆病な気弱な心持ち）というべきか、それに加え、年齢の割には多くの人の感情の裏側を、否が応でも覗きこむような職場で、四年余り過ごしたことが影響したのだと思う。結果的に勤めていた会社を辞め、母が一人で暮らす故郷に戻ってきた。

Ⅰ　東紀州　一九八七　春

1

紀伊半島の南部に位置する東紀州地域の小さな田舎町。人口が六〇〇人ほどの「中《なか》牟《む》婁《ろ》地区」が僕の故郷である。

母は父が五十八歳で急逝した以後も、自らが生まれ育ったこの地区で一人暮らしをしていた。当然僕も高校を卒業するまでこの地区で育ち、高校生の三年間は学校のある近隣の鷲羽市まで列車で通学をしていた。昭和五〇年代の初期の頃である。

家の二階の窓からは、北山の中腹に小さな駅が見える。

「佑！　早うせんと汽車がくるで！」

母親の声を背に、駅への坂道を全力で駆け上がる。毎日のように発車時刻ギリギリ

に一番線ホームに走りこんでいると、

「今日もギリギリセーフやな。列車だけは停めたらあかんで‼」

顔見知りの駅員によく注意をされた。当時はそんな小さな駅でも、今のような無人駅ではなく、ちゃんと駅員が常駐していた。プラットホームは上りと下り線の二つのホームが使用される伏線で、列車は上下線ともに二時間ほどの間隔で発着していた。因みに、僕が中学三年生の時に国鉄のスト権ストが実施され一週間ほど列車が止まった。当然その影響で高校は休校となり、生徒は喜んで自宅待機を受け入れた。TVニュースを見ていた母は、

「今日もストは解除されんらしい。一体国鉄は何をやってるんやろ。国民のこと何にも考えてへん。こんなことばっかりやってたら、国鉄もその内に潰れるで」

それを聞きながら（早く高校生になりたい！）と羨ましく思ったものだ。国鉄の労働組合が全盛期の頃である。

紀伊半島を巡る「紀勢本線」が全線開通したのは意外と遅い。昭和三十八年で、僕が生まれて二年後のことである。小学生の頃には、「DD51」と呼ばれるディーゼル機関車が客車両を牽引していた。この機関車が牽引する青や茶色の貨物車両の長い重連が、山間《やまあい》の木々の間を縫って敷設された路線の上を走行していく。その姿を小学校

の二階にある図書室の窓から眺めることができた。

「佑君。また汽車眺めているん。どこが面白いの？」

好きだった同級生の女の子にそう言われる度に、

「汽車やない列車や！」

ムキになってそう答えていた頃が懐かしい。

地区の人々は、この「DD51・ディーゼル機関車」を「汽車」と呼んでいたが、本来、汽車とは、D51（デゴイチ）などに代表される石炭を燃やして蒸気で走行する「蒸気機関車」の総称である。東紀州は現在も電化されていないので「電車」と呼ぶわけにもいかないが、長い間東紀州地域を運行し支えてきたこの「ディーゼル機関車」は、地域の人々には力強さの象徴である「蒸気機関車」と同列にあるのかも知れない。

まあ、それはそれとして。僕は今でいう鉄道オタクや鉄道ファンと称されるマニアではない。しかし当時、唯一の交通機関であった鉄道への愛惜は今でも感じることがある。

僕が中学生の頃まで、亀山から新宮に至る紀勢線は「キハ45形」と呼ばれる朱色の汚れた気動列車が運行されていた。高校生になり通学列車として利用する頃には、国鉄色と呼ばれるクリームと朱色のツートンの気動列車の「キハ35形」。加えて東京駅から紀伊勝浦駅間には「紀伊」、通称「ブルートレイン」と呼ばれる青色の寝台特急も運行されていた。僕は、「DF50形」気動列車に牽引されるこの「ブルートレイン」にどうしても乗りたくて、その為だけに東京の大学を受験した。

「東京のK大学を受験するわ」

「佑、あんた、その受験日って卒業式の前日やないか⁉　卒業式出んつもりなんか？」

母の和枝の言葉に、

「大丈夫や。卒業式の朝には駅に着いとる。学生服だけ学校に持ってきといて！」

そうして、帰路に念願であった青い寝台特急に乗車したのである。向かい側の寝台席のお爺さんからミカンを貰ったことや、翌朝に鷲羽駅に着くと小雨が降っていたことなどを鮮明に憶えている。そう、卒業式は生憎の雨であった。あれから十年近い年月が経ち、東紀州地域の日本国有鉄道はJR東海になった。国鉄色の「キハ58」＋東海色の「キハ28」の二両編成の列車が今も小さな駅に着く。（立派な鉄道オタクか……）

――ガタン・ガタン・ゴトン・ゴトン――

その音と形状は、子どもの頃に抱いていた安心感と郷愁とを、何とは無しに感じさせてはくれる。ただこの風景を再び、家の二階の窓から眺めるのが朝の習慣になるとは思いもしなかった。ともあれ……

僕は高校を卒業すると、一年間浪人をして京都にあるR大学経営学部に入学した。ところが、大学三年生の春に父が病で急逝する。五十八歳であった。その後、半年ほど悩んだ末の三年生の終わりに大学生活に見切りをつけた。バイトや奨学金制度を利用して卒業まで頑張るという選択肢はあった。しかしそこまでして大学で学ぶ理由を、当時の僕は見つけることができなかった。取り敢えず親戚の紹介で京都にあるD百貨店で働き始めた。もちろん、非正規社員である。当時は一九八〇年代の半ばで、七〇年代に起きた「オイルショック」を乗り越え、社会も比較的安定した時期であった。そして八〇年代の後半には「バブル経済」が訪れる。大学を辞めた頃は売り手市場で就職に困ることもなかった。そのため、半年もすると正社員として採用されることになる。食料品の売り場勤務であった。営業職は今もそうであるが、昔から需要があった。ところがデパート（百貨店）の売り場は女性社員が主役である。したがって女性販売員の発言力は驚くほど強い。

大奥のような世界!?　とでも云おうか。

特に売り上げ実績の高い女性販売員ほど職場では顔が利く。現場の課長や係長クラスでは、到底太刀打ちできないほどの発言力が彼女たちにはあった。このような職場にあって、生来の怯懦《きょうだ》な性格は克服どころか一層助長されることになった。必然として職場でのコミュニケーション不足や、人（特に女性）との距離感を掴むことに疲労感を抱えることとなった。結局それが解消されないままに、四年ほど勤めた会社に辞表を提出した。そのようにして実家に戻った僕は、四月の中旬から隣の地区にある「南牟婁郵便局」でアルバイト職員として働き始めたのである。

2

「おはようございます」

僕の挨拶と同時に、

「倉嶋君、おはよう！」

外務主任の上地から活舌の良い、明るい声がいつものように返ってくる。

ただ、不思議に周波数の高い彼の声は、どうも腹話術の人形の声を連想してしまう。

——そう思っているのは僕だけであろうか？

笑いを堪えながら頭を下げる。これが僕の一日のスタートボタンになりつつあった。

「倉嶋君、おはよう！　本日もよろしく！」

僕の挨拶に対し、局長からも張りのある声が掛かる。僕は局長の事務机の横に立てかけてあるA５サイズの出勤簿を開くと、自らの勤務欄に押印をする。この一連のルーチンワークが済むと、南牟婁郵便局での一日が始まるのである。


六月から七月にかけての東紀州は、とにかく雨が降る。今日も朝から雨である。すでに一週間以上は雨が続いていた。

「今日も天気が悪いなぁ……。ところで、少しは慣れたか？」

「『五月雨を集めてはやし最上川』って芭蕉は詠んでいるが、この地域の五月雨を集めたら黄河のような大流に匹敵するかも知れんな。この地域は間知石《けんちいし》に使われる固い花崗岩だから、地盤の水捌けが頗《すこぶ》る良いので助かってるけどな……。ところで唐突だけど、中国の黄河にも漁師はいるのかな。倉嶋君、知ってる？」

肌にまとわり付くような、じっとりとした陰湿さとは裏腹に、古山局長の笑顔と声はその場を爽やかに明るくする。

「それよりも、あの茶色の泥水にいる魚は食べられるんですか？」

傍らにいたパート職員の大西敏子が話に突っ込みを入れると、

「そう！　僕は梅雨で増水した川を見る度に、あの茶濁色した黄河を連想してしまう」

古山局長がすかさず相槌を打つ。

「鯉やフナやナマズがいるらしいですよ。それからライギョの小さいのも四川料理では食べるらしいです」

僕がそう答えると、

「確かになぁ。ＴＶで見たけど、アマゾン川やベトナムのメコン川なんかでも魚を料理して食べてたよな。田沼意次じゃないけど『清い水には魚は棲まない』というし、ぼくのようにいい加減な方が結構おいしくて味があるかもな」

爽やかさとユーモア。そして、けっこう熱い！　それらが混在している人だ。

そう気づいたのは最近のことではあるが、実際に顧客との関わり方一つ取っても、清濁併せ呑むようなバランス感覚に優れた人柄が、僕にはとても新鮮に感じられた。

南牟婁郵便局は、「集配特定局」と呼ばれる南牟婁地区の配達を受け持つ、規模の小さな郵便局である。正社員数は局長を含め七名で、二名のアルバイト職員がいた。その外勤の正職員は三名であったが、その外務職員の一名が急に依願退職をした。そのため、正職員の定員補充が間に合わず、そこで母の知人を通じて、僕にアルバイトの欠員補充の誘いがかかったのである。丁度、再就職のあても無いままに故郷に戻って来た身としては、

(一先ず、稼ぐ必要がある……)

やりたい仕事が見つかるまでの繋ぎのつもりで面接を受け、臨時採用となったのは、四月中旬のことであった。

南牟婁郵便局は、郵便集配業務の他に、郵便貯金や簡易保険といった金融業務の取り扱いもある。そのため国の機関である郵便局では、郵便や金融業務でのすべての出納金については、「出納官吏」と呼ばれる現金の出入りを管理する職員が必ず指定されていた。

「すいとう……かんし⁉」

僕が漢字で書かれた出納官吏という役職をそう読むと、

「すいとうかんり」

笑いながら局長代理の久保から訂正された。

「出納官吏」と書いて、それを「すいとうかんり」と読むんだ。

以来、その名称の響きがいかにも「公務員的」だとずっと感じていた。が、実際に

「公務として働くこと」の意味を、真剣に考えるようになるのは、古山局長の講話を聴いた後のことである。

南牟婁郵便局には、毎朝八時一五〜二十分前後に、東紀州の拠点郵便局である「鷲羽郵便局」から郵便物が届く。すると外務職員は、鷲羽郵便局からのブルーのファイバー（青いプラスチック箱）に入った地区内宛ての「普通郵便物」を、郵便区分棚と呼ばれる縦5口×横9口の区分棚で個別の住所に区分し、更に配達の順番に並べていく。

南牟婁郵便局にはこの5口×9口＝45口の郵便区分棚が二台置かれていた。一台につき一区域の配達順路で構成されている。つまり南牟婁郵便局の配達エリアは、二つに分けられていた。これを到着した郵便物量の多少によって、二名〜三名の外務職員が、順路に従って郵便物の配達をおこなうのである。

「今日のブツは少ないなァ。助かった。今日は二時過ぎから、集金が三件もあるんや！」

「ブツ」とは郵便物のことで、いわゆる業界用語である。集金とは、貯金の積立金や簡易保険料の集金のことを指す。外務職員は午前中に郵便物の配達を終了させ、午後からは貯金・保険の集金や金融の募集業務をおこなっていた。

「まさに、田舎暮らしの証やなぁ！」

先輩である芝山は、郵便バイクのヘルメットで綺麗に縁取りが付けられた僕の顔を見て笑う。だが、赤黒く日焼けした顔に、サングラスを外すとパンダのように、目の縁に僅かに肌の白さを残している芝山の顔を見ると、自らの将来の姿を想像してしまい乾いた笑いしかできないでいた。

3

色白であった僕は、一か月も経たないうちに配達用のヘルメットで、額は赤と白の境界線が見事にくっきりと出来上がっていた。

「あんた、よう焼けてきたなぁ。まあ、今まで白かったから一寸逞しくなった感じがするけど。色男という感じじゃないね。日焼け止めでも塗っときゃよかったのに」

まったく母は僕の気にしていることを平気で言う。

「ああ。日に焼けるんは仕様がないけど。ヘルメットの顎紐のとこだけが、妙に白くて気になるな」

母の言う通りだ。日焼け止めを思いつかなかった。「時、既に遅し」である。ため息がでる状態になっていた。

配達作業を始めてから一日の流れが驚くほど速い。梅雨の合間には初夏の日差しが容赦なく肌に照りつける六月も半ばが既に過ぎようとしていた。

南牟婁地区では七月の上旬になると、毎年地区の主催で「夏祭り」が行われていた。地区を挙げてのこの夏のイベントには、郵便局も恒例行事として、職員の全員参加は暗黙の了解事項となっていた。地区挙げてのイベントを控えた時期に、職場での僕の歓迎会を兼ねた懇親会が開かれることになった。おそらく主な目的は、夏祭り参加に向けた打ち合わせと、職員の士気高揚であろうと思われた。

「芝山さん、毎年『夏祭り』前には懇親会をやるんですか？」

先輩の芝山に尋ねると、

「いつもは祭りが終わってからやるんよ。いわゆる『打ち上げ』。今回は、倉ちゃんの歓迎会も兼ねてるから」

「じゃあ、終わったら『打ち上げ』やるんですか？」

「いや。今回はやらんと思う。どうせ九月に『営業の立ち上がり』で、決起会をやるだろうから」

芝山の言葉に少しホッとした。

南牟婁郵便局では職員の懇親会をとても重視していた。理由は郵便局は公共機関でありながら「独立採算制」を採用していた。そのために貯金・保険などの営業目標があった。決められた営業目標を達成するためには、職員間のコミュニケーションと営業へのモチベーションの維持が必要である。

「飲ミュニケーションちゅうやつやな」

芝山の言う「飲ミュニケーション」は、この時代の必須のアイテムであった。ただ今回の懇親会は、僕の歓迎会も含まれていることに若干の気の重さを感じていた。

ある程度の予想はしていたが、懇親会では主役の一人として局長の隣の上座席が僕のために用意されていた。

村上春樹の小説の主人公ではないが、

「やれやれ……」

思わずそんな言葉が口をついた。

冒頭、局長の挨拶が済むと、僕は司会の久保局長代理から新入職員としての挨拶を求められた。近所の人に聞かれると必ず答える「高齢の母のため」という故郷に戻った理由などを述べて、当たり障りのない内容で話を締めくくった。僕の挨拶が済むと、宴席での交歓が始まる前に夏祭りでの役割分担が決められた。そこで新人である僕が以前からの慣習であるかのように、夏祭りのカラオケ大会に郵便局の代表として出場することとなった。

「本来なら、退職した北岡さんが歌ってくれる予定だったんだが、その代わりは、やはり倉嶋君だろう」

予想どころかまったく考えもしていない久保の言葉に

「倉嶋君！　頼めるか！」

「地域のみんなに知ってもらう良いチャンスだ！」

局長の電光石火の一言である。拒否する理由を考える間もない。柔道でいえば、組んだ瞬間の見事な足払いだ。僕はその言葉に頷かざるを得なかった。

――こうして歓迎会の前半は、僕の思いとは裏腹に、何の問題もなく定刻通りに列車が駅を通過するような雰囲気で過ぎていった――

ようやく司会の久保局長代理の音頭で宴席が始まった。

殆《ほとん》どの宴会では最初にビールのグラスを掲げて乾杯をする。そのあと若手社員は瓶ビールを片手に、上司や先輩を廻るのが宴席での流れであろう。この日も麒麟の絵柄のビールの大瓶が、テーブルの料理の合間に隙間なく並べられていた。個人的には、

「黒いラベルに星のマーク」が好みであったが、取り敢えず自らの挨拶と打ち合わせが済んだ。頃合いを見計らい麒麟の瓶を片手に各職員の席を一廻りした。

局長から始まり、アルバイト職員を含む内・外職員に一人ずつ手にしたビールを差し出す。すると、必ず声が掛かる。

「カラオケ大会、期待してるぞ！」

その度にビールを持つ手が重くなっていく。

「よろしくお願いします。なるべく早く仕事を覚えたいと思います」

カラオケ大会へのプレッシャー。声を掛けられる度に不安が増していく。

「それから、歌は期待しないでください」

挨拶の度に予防線を張り、必死の照れ笑いで重圧を押し込める。何とか各職員への挨拶を済ませ、悪酔いしそうな気分のまま自分の席に戻った。

僕はアルコールについては、どちらかといえば好きな方であった。前の職場でもよく飲んだが、この日は、深酒をせずになるべく早く席を切り上げることを考えていた。

しばらくすると隣に座っていた局長が席を離れていった。局長代理の久保と話を始めている。気が付くと各々に酔いが回り、自然に気の置けない職員同士が車座になっていた。時折大きな笑い声が聞こえ、話に花が咲き始めている。

一時間ほど過ぎ、それぞれの場の話題に熱が帯びてきた頃、テーブルを挟んで斜め前にいた小松乃梨子と目があった。彼女もそれまで話していたパート職員の大西敏子が、外務職員のグループの中に移っていったのを境に一人になっていた。彼女は、目の前の汗に濡れた瓶ビールを少し斜めにして中身を確認し、

「ビールでいいですか？」

そう言いながら手元にあった布巾で、今にも流れ落ちそうな雫を手早く拭き取ると、濡れて波打つラベルの瓶を僕に差し出した。

「あ、はい……」

僕が答えると、彼女は手にしていた瓶ビールを片手に、空いている僕の隣の席に座った。そして泡だけが残っていた僕のグラスにビールを注ぎ込んだ。

「倉嶋さん。休みの日は、何をやってるんですか？」

その言葉をきっかけに、彼女が映画好きであることや休日はよく一人で映画を観て過ごしていること。さらには「浜田省吾」が好きなことなどを実に自然な形で話し始めた。そして互いに共感できる部分が数多くあることを知ることになった。

こうして職場での最初の歓迎会と懇親会は、彼女との交流が始まるキッカケとなった。そのことは素直に喜ぶべきことではあった。が、ただ懇親会で決定した「夏祭り

カラオケ大会」に郵便局代表として歌を唄うこと。それが僕であることは動かしがたい事実である。半ば一方的に、自慢のノドを披露する羽目になろうとは……。

六月が終わろうとする頃には、生来のネガティブ思考が頭を擡げ、僕は自己嫌悪に陥っていた。


「何を歌ったらええんやろか……」

僕がため息まじりに呟くと
「年寄りが多いから、若い人の歌はご法度やで！」

「とにかく演歌や！」

「そうや！　北島三郎がええな！　『祭り』！」

「あんたの『祭り』が聞きたいなあ！」

母の言葉は、立て板に水という表現がピッタリと嵌る。僕が夏祭りで歌うのを、一番喜んだのは母であった。既に近所の友達二人にも声を掛けていた。

「ちゃんと上司に頼んで、三人分の席を確保しといてな！」

六月の後半は梅雨の糸を引くような雨の中を、

（まるで濡れた靴で歩いている）

そんな気分の悪さを抱えたまま過ぎていった。

Ⅱ　東近江　一九八〇　初夏

1

滋賀県の東近江の東部山間地を水源地とする、琵琶湖に注ぐ宇田川にダムがある。そのダム工事建設の現場監督として、父は一九七一年から一九八〇年までの間、東近江市の東部山奥にいた。ダムの完成が間近になった一九八〇年の初夏である。僕は父に呼ばれて、山奥のダム工事現場を訪ねた。僕が大学受験に失敗し、京都で浪人生活を始めた年のことである。住んでいたアパートの近くの小さな駅から、国鉄関西線で京都駅に向かった。京都駅から東海道本線の準急に乗り、近江八幡駅まで行くと、父の部下だという若い社員がクロスカントリーの４ＷＤで迎えに来てくれていた。別名ワイルドキャットだ。

「坊ちゃん、大型トラックが走る山道を上ります。かなり埃っぽいので気分が悪くなったら言ってください」

出迎えてくれた若い社員はそう言うと、僕を助手席に座らせた。その丁寧な言葉遣いに、（年齢は二十代の後半であろうか。やはり建設現場で働いているだけあって、逞しく日焼けした体躯が作業服の上からも想像できる。）などと勝手に観察し、感心しながら運転席の若い社員を見ていた。何よりも印象に残ったのは終始控えめな礼儀正しさで、後でそのことを父に話すと

「そうか！　彼は本社から勉強のために、この現場に配属された若手だよ。確か、W大の理工だったかな。将来は本社の幹部だろう」

父は僕の言葉に眼鏡の奥の黒褐色に刻まれた皺を一層深くして笑った。

僕を迎えに来たワイルドキャットは、泥と埃と油で厚化粧され、傍目にも酷使されている印象は否めない。彼がキーを捻ると、如何にも過酷な現場を疾走してきたかを証明せんとばかりに、まさに山猫のようにブルブルっと大きく車体を振ると、ディーゼル特有の音と匂いを残して駅を後にした。

近江八幡駅から琵琶湖岸を走る浜街道を下る。その後中山道に入ると、東近江のダムに向かった。埃と油が染みついたワイルドキャットは、力任せのディーゼル音を響

かせながらダムに向かい疾駆する。そして近江八幡駅から四〇～五〇分程走り、東近江の山奥にあるダム工事現場の事務所に到着した。

東紀州熊野のような深く、深く、さらに深い奥に折り重なるような山並みを、ひたすら進む。そして鬱蒼と茂る苔むした雑木林を縫うように走ると、急峻な岩肌を晒して谷間を流れる宇田川の黒々とした緑の中に、仁王立ちをするコンクリートの壁を僕は想像していた。ところが、ダムに向かう標識を目にした頃には平坦な尾根を緩やかに進むワイルドキャットのウインドウから穏やかな斜光が差し込むことで、それが間違いであることに気付いた。到着した工事現場で僕が目にしたのは、破砕した石を幾重にも積んだ、穏やかな斜面をもつ堤のようなダム。「ロックフィルダム」であった。この僕の感想に、

「『黒部の太陽』にでも出てくるような険しい峡谷間にコンクリートで建設されたアーチ式のダムをイメージしてたんだろう」

「この宇田川渓谷は、山あり、谷あり、また山あり、という信州の峡谷のような場所じゃない。標高差の少ない谷が奥へ奥へと続いている感じだな。川があり、谷があり、そして小さな谷がある。一言でいうと、海に向かう急峻な水の流れと、湖に注ぐ穏やかな水の流れの違いだ」

父はそう答えた。

父の説明によると、この宇田川渓谷は右岸側と左岸側では斜面角度がかなり異なる。右岸側は傾斜角40度ほどの急斜面なのに対し左岸側はそれよりも緩やかである。さらに調査で地盤が軟弱なことが分かり、地形のアンバランスさと地盤の強度を考慮して、「ロックフィルダム」という方式が採用された。ということらしい。

「見たら分かるように、ダムの斜面が緩やかに石積みされているだろう。破砕した岩石と土砂で固められたダムだ」

説明をしながら歩く父に、遅れないように付いていく。すると左岸側の斜面づたいに階段がある。まだ水が入っていないダムの天端《てんぱ》に向かうその階段を父は登り始めた。後に続く僕が音を上げる寸前に、ダムの天端に二人して立つことができた。

自らが関わっている建設工事を語る父の姿をみるのは、僕にとっても初めてのことであった。天端に立つと、ダムの高さと規模がよく分かる。水の無いダムがこれほど高いとは思いもしなかった。膝が笑っている。奇妙な平衡感覚のズレを感じながら右岸に向かう。天端をぎこちなく歩く自分が情けない。

「父さん、あの人たち、よくあの上を平気で歩けるね！」

思わず、ぶるるっと無意識に身体が震えた。右岸側に建設中の取水塔の上で、命綱もなしに仕事をする作業員たちを指差した。

「ああ。彼らは専門の職人だ。いわゆる、『鳶職』という人たちだ。高所の仕事を請け負う専門職だから命懸けの仕事だ。だから給料も高い。一般の人夫とは天と地の差がある。けれども、危険度が極めて高い仕事だから、生命保険には殆ど入れない」

60メートル以上はあるだろう。「鳶」と呼ばれる職人たちが、水のないダムの取水塔の上で命綱もなしに働いている。

「彼らが日本の高度成長を支えてきた。戦争が終わり、混乱期を経て日本は高度成長期という時代を迎えた。その中で、日本人は必死で働いたんだ。夢中で働いた。深く傷ついた心の傷を、夢中で働いて忘れようとしていたんだと思う。それは同時に日本という国を再び創り直すことだったんだ」

父は自らの人生を吐露するかのように話を締めくくった。

僕が記憶する限りにおいて、このように語る父の姿をみたのはこれが最初であり、そして最後であった。

今にして思うと、当時の日本人の大多数がそうであったように、父とロックフィルダムと、そして日本の再生は一体であったのだ。それは父にとって必然であり、重なり合い繋がっていた。あるいは離れながらも引き合うといった、時代の要請という磁力を帯びていたのかも知れない。その特別な遺伝子を組み込まれた人たちが、時代の要請という車両に乗り、一本のレールの上をひたすら走ってきたのだ。意識する、しないに拘わらず。少なくとも父は、それを認識していたように思う。自らの仕事を熱く語ったあの時の父は、ダムの完成後に自らが携わったダムの姿を、再び見ることは叶わなかった。そして東近江の山奥で石礫の斜面に静かに水を湛える「ロックフィルダム」は、僕にとって父の遺影となった。

ダム工事が終了した一九八一年の三月に父は体調を崩す。定年まで四年余りを残し、予期せぬ病で休職を余儀なくされた。工事現場を生活の中心に生きてきた父にとって、病で仕事が出来なくなるとは、思いもよらぬことであった。躰は小さかったが、学生時代に柔道で鍛えた肉体は、僕が知る限り頑健そのものであった。いわゆる、堅肥《かたごえ》といわれる筋肉質の小太りした体躯であった。その太い手と足が何の前触れもなく、痛みを伴い思うように動かなくなったのである。「関節リウマチ」と診断された。本人は、少し休養をとり療養をすれば、現場に復帰できると思っていた。しかし本人の意思とは裏腹に、症状は改善せずに悪化していった。約二年余りの自宅での療養生活を余儀なくされる。そして「急性肺炎」という文字通りの病を併発して、突然、本当に突然に逝ってしまった。

2

父の遺影を前に、母は幾つかの父との思い出を語ってくれた。それらは、僕が初めて知る内容であった。父は無口ではなかったが、自らが進んで喋る方でもなかった。ただ人の話を聞きながら、品の良い笑顔を絶やさない人であった。

父は故郷の長野県の工業専門学校を卒業すると県庁に勤める。しかし勤めていた県庁を一年足らずで退職するとその後、生まれ育った信州を離れている。母と知り合った頃は加藤工業という中堅ゼネコンの社員であった。青井建設との企業JVの現場監督の補佐として、紀伊半島の鉄道の隧道《ずいどう》（トンネル）掘削工事に来ていた。当時、地元で工事関係者の食事の世話をしていた牟婁地区にある旅館の主人から、母の両親に見合い話が持ち込まれる。その旅館主人の紹介で、父と母は見合いをして結婚したのである。

母はというと、父と結婚する以前は名古屋の大須観音近くにある料亭で、仲居として働いていた。「夕月」という店で、有名な会社の社長や政治家なども訪れていたらしい。

「『夕月』で働く前は、八百屋に住込みで働いていてたんや。だけど、給料が安くてね。それで『夕月』で働くことにしたんよ。八百屋の倍ぐらい給料が貰えたからね」

母の話によると、その料亭で働いていた時に、母親（僕にとっては祖母）から電報が届いた。文面には「スグ・カエレ」としか書いていない。それに驚いて、取る物も取り敢えず実家に戻ると、「見合い」だという。

「えっ⁉　結婚する気はない！　って言うと、『兎に角、会うだけ会え！　紹介者の手前、断れん！』そう言われて仕方なく会ったわけ」

見合いを済ませた母は、一旦名古屋に戻った。すると今度は一週間後に結婚式だとの連絡が来たのである。

「届いた電報には、もし私が帰らなんだら、『ハハワ、シンデモ・シニキレン』とまで書いてあったんやで」

その母の言葉に思わず吹き出しそうになりながら、

「あの祖母ちゃんらしいな。殆どイジメやな」

亡くなった祖母の野良着姿の白黒写真が、何と気の強そうだったことか。

（猪でも捕まえそうや！）

子ども心にそう思った祖母の顔が浮かび、苦笑せずにはいられなかった。

「親の勧めでお見合いをして、一週間後には結婚することになるなんて。今じゃ考えられんわね」

母は話を続けた。

「あんたが浪人中に一度、ダムに遊びに来たやろ。あの時、お父さんと私と佑の三人で彦根城を見に行って、それから昼ご飯食べたこと覚えとる？」

「よう覚えとるよ。お母ちゃんが生ビールの大ジョッキを二杯も飲んだ時や」

僕の返事に、

「駅前の中華料理屋やったなぁ」

「あの頃が一番よかったなァ」

母は懐かしそうに眼を潤ませ、嬉しそうに呟いた。

3

一九八一年の三月に、宇田川ダムは完成した。その完成を間近にした、一九八〇年の初夏の休日であった。僕たち家族三人は彦根城を見学した後、彦根駅前に新しくできた中華料理店で食事をした。

母は一九七八年の冬から父の現場事務所に手伝いに来ていた。働いている職人や人夫の食事を世話する賄い手が不足していて、母が急遽工事現場の飯場に手伝いに来ていたのである。工事で働く人夫や型枠大工と呼ばれる専門職、それに各種土木工事に関する人手の手配は、その工事現場の責任者の腕の見せ所であった。時代は高度成長期で売り手市場である。とりわけ建設工事現場での人手不足は深刻であった。そのため農家の閑散期になると、東北や九州の農家の人たちを人夫として雇うのである。いわゆる、季節労働者である。そして、このような季節労働者を如何に確保できるかが、現場責任者の才覚にかかっていた。

「私がダムの飯場に手伝いに行った時は、三十人近くの土方の人たちがいた。その内、二十人くらいは東北の人たちやったと思う。その東北の人夫を連れてきていたのが、七十手前の女の人でね。飯場での賄いをしてたんや。その人が本当に不可（いけず）な人で、無茶苦茶意地悪された」

母曰く、責任者である父の妻であると知ると、相当に裏で意地悪をされた。自分が人夫を連れてきて束ねているという、自負とプライドが母を苛める動機となっていたようだ。

「私も到頭、我慢ができなくなってね。お父さんに無断でダムの事務所を飛び出したんや。それで、一人で名古屋行きのバスに乗ってな。あまりにも情けなくて、バスの中でずっとオイオイ泣いてた」

その時の思いが込み上げてきたのか涙ぐみながら話す母に、

「何で名古屋なん？　何か当てでもあったの？」

僕が尋ねると、

「もう、離婚しようと思ってね。取り敢えず、名古屋に行ったんさ。若い頃は名古屋で働いてたからね」

僕は母に対して以前から感じていたことがあった。それは、性格が相当に短絡的であることと、加えて羨ましいくらいに行動力があること。話を聞き改めてそれを感じながら、

「それで、名古屋のどこに行ったの？」

そう尋ねると、母が真っ先に思いついたのが、結婚するまで世話になっていた「夕月」であった。十九年ぶりに訪ねた「夕月」は、当時と同じ上前津にあった。改装して以前よりも大きくなっていた。

「店を訪ねると、世話になった女将さんは既に引退していて、実の弟が大将でね。その

大将が女将さんを呼んでくれてね。女将さんの顔を見た途端に泣けて……泣けて……」

「夕月」の前女将は、母の話を聞いてくれ、おまけに食事までご馳走してくれた。

「女将さん。私、主人と離婚しようと思います。ここで使ってくれませんか？」

母が涙声で切り出すと、

「かまわへんけど、よお考えないとあかんよ。店をやめて結婚したんやろ。もういっぺん、旦那さんとちゃんと話しなさい」

女将さんは、そう言い二枚のチケットと小遣いを母に渡してくれた。

「それは、七月から始まる『大相撲名古屋場所』の券やった。『父さんと二人で見に来るように』ってね。結局二人で見に来ることはできなんだけど。その時貰った券は、お母ちゃんの宝物や」

母は神棚に置いてあった古い封筒を降ろすと、中を開き僕に見せた。それは色褪せてはいたが、七月四日の日付が押されたブルーの二枚分のチケットであった。

母が飛び出した後、父は慌てて母を名古屋にまで迎えに来たらしい。父はその後、仲人夫の仲介をしていた老女性には辞めてもらった。一緒に来ていた人夫の殆どは、仲介役の女性が辞めた後も引き続き現場に残ってくれ、工事に支障をきたすことはなかったようだ。ただ、母が父について語るのは、このような結婚した後のことだけであった。

父が「県庁を退職した理由」や、「退職したその後に何をしていたのか?」などは全くと言ってよいほど知らなかった。もちろん、父も母には結婚する以前のことについては、自ら語ることは殆どなかったらしい。母が一度、昔のことを尋ねると、

「自慢もできない昔の話をしても、恥ずかしいだけだ」

と自戒、自虐、あるいは後悔を含んだような苦い笑い顔を浮かべたことがあったらしい。以後、母も父の過去については意識して聞かないようにした。それが父の亡くなるまでの二人の間での暗黙のルールとして続いたのである。

父と母が結婚して一年後に僕が生まれるのだが、父はその時期はまだ牟妻地区の工事現場にいた。牟妻地区での仕事が終ると、再び加藤工業の各地の土木現場を廻ることになった。母は僕が幼いこともあり、夫の現場には付いていかず実家の近くでの借家住まいを選んだ。これは僕のために父が望んだことでもあったが、それ以降、宇川ダムでの工事現場のように、母が飯場での賄いを手伝った僅かな期間を除くと、父は、躰を壊し中牟妻町に戻るまでのほとんどの年月を、一人で工事現場に建てられたプレハブの飯場で過ごした。

父が母の故郷に自宅を新築したのは昭和四十三年のことで、僕が小学校一年生にな

る春であった。その後は、赴任先の現場から二か月に一度の割合で一週間ほどの休暇をとり、家に戻るという生活を続けた。自宅で過ごすこの時間を父は唯一の楽しみとしていた。

僕が大学を目指し京都に出たその二年後に父は病を発症する。結局父が五十八歳で亡くなるまでに、父と母と僕との三人で一緒に暮らした期間は僅か一年四か月ほどであろうか。純粋に父と母との暮らしは新婚生活での一年ほどと、躰を壊し中牟婁町に戻った二年余りの期間である。それだけが母が父と共有した記憶としての時間であった。

Ⅲ　父の遺品　一九八七　盛夏

1

　故郷に戻り四か月ほど過ぎたころである。記憶の棚からは、今後も引き出すことなくスルーしたい「夏祭りカラオケ大会」も終った非番日である。母の依頼でそのままになっていた父の部屋を片付けることになった。父が戻るまでは、物置部屋に近い状態であった二階の四畳ほどのスペースである。発病により自宅での休職を余儀なくされたのを機に、父はその部屋を整理し、本棚と自らが揃えたオーディオをセットする。自宅に戻ってからの父は、これまで出来なかった読書と音楽鑑賞の日々を過ごした。

　父が残した本が、今も本棚に並んでいる。池波正太郎、司馬遼太郎、山岡荘八、特に、池波正太郎の『鬼平犯科帳』と『剣客商売』は、ハードカバーですべてが揃っていた。その他にも、司馬遼太郎の『坂の上の雲』、『飛ぶが如く』や山岡荘八の『徳川家康』などが綺麗に帯まで付いて本棚に並べられていた。父がこのように時代小説が好きであったことも、亡くなってから後に知ったことである。もちろん音楽についても同様であった。

母曰く、自宅療養の二年という期間は「晴耕雨読」否、「晴読雨読」に近い状態で、殆どの時間をその部屋で過ごした。ただ父が亡くなると、父が過ごした時間の痕跡を忘れるように、自然にその部屋も以前の物置部屋へと戻りつつあった。

「お父さんが死んでから、少しは片付けようと思ったんだけどね……。整理しようとすると、ついアルバムを開いちゃって。お父さんの写真を見ると先に進めなくなるんよ」

母は父の部屋に無造作に積まれた本の上にあるアルバムを手に取り開いた。

「この写真のお父さんが、一番きれいな顔をしているね」

アルバムにある一枚の写真を愛おしそうに、そっと指で撫ぜた。

「お父さんは信州の生まれで、女の私から見ても羨ましいくらい色が白くてね。ただ、建設現場の仕事だったから顔だけが赤黒く日焼けして、眼鏡の縁だけが白くなってた」

母が指で撫でた写真は、父と幼い僕が手を繋ぎ、鷲羽駅前の商店街を歩いている白黒の写真であった。

「お父さんのうれしそうな顔……」

「よっぽどお前のこと、かわいかったんやと思うよ」

母の瞳に浮かぶ感情と涙の粒は、今にも決壊寸前のダムの水が地球の重力で何とかそこに留まっている。僕にはそんな風に思えた。そこには、父の零れるような「品のある優しい笑顔」が収められていた。

「本当に品の良い顔立ちをしとったね」

「うん。息子としていうのも恥ずかしいけど、本当に温かい人だった……」

僕は母の手にしたアルバムの白黒写真を覗き込み、写真に残る父の笑顔を暫く見つめていた。結局、父の愛情に対して、僕はこのような言葉でしか表現できなかった。

母の片づけが一向に進まない理由も肯けなくもない。そう思った瞬間に深い切なさが込み上げてきた。

「でも、まあこんなに物を置かなくてもええと思うけど……」

湿っぽい空気を振り払うように小さな窓を開けた。取り敢えず三段以上も積み上げられた段ボール箱と、布団袋を部屋の外に運び出す。段ボール箱の隙間から見えていた、父の残した黒いスピーカーとオーディオアンプがずっと気になっていた。ところが僕は、音響機器に関してはまったくの素人であった。なので、オーディオ関連雑誌などを拾い読みして、父が組んでいた機器を調べてみた。それによると父が残したオーディオのセットは、スピーカーが「ヤマハ1000モニター」でパワーアンプは「TRIO・L—05M」。コントロールアンプは「KENWOOD・L—08C」で、レコードテーブルは「マイクロDD—8」、そして前面型のカセットデッキは「ティアック・f550RX」で、値段的にも性能的にも優れている物であった。レコード盤は、MJQのLPが数枚あったが、ほとんどがカセットテープで、ビートルズ、岡林信康から吉田拓郎などの初期のフォーク系の歌が多く残されていた。ただ、幾つかのカセットテープは磁気部分の経年劣化が進み、再生することが躊躇われた。羅列した音響機器の名称と残されたカセットテープやレコード類を見ると、とにかく驚くことばかりである。まったく知らない父の姿がそこにあった。

(音楽も好きだったんだ。カラオケを歌っている姿など、見たこともなかったけど……)

僕はCDデッキを手に入れ、父の残したコントロールアンプに繋いだ。モニターから流れる僕の大好きなブルース・スプリングスティーン。「Ｂｏｓｓ」の声はあまりにも切なくカッコよすぎだ……。『Nebraska』の「My Father's House」。

——「I walked up the steps and stood on the porch
A woman I didn't recognize came and spoke to me through a chained door
I told her my story and who I'd come for
She said "I'm sorry son but no one by that name lives here anymore"」——

父のことが大好きだったはずの僕は、父の幼い頃や学生時代、更には青春時代を何も知らない。父がどのように悩み、笑い、そして傷つき、過ごしたのか。まして父と人生について語り合い、互いに意見を交わしたことなど一度もなかった。

2

父の遺品の中に、アタッシュケースのような古い手提げ鞄があった。表面は布製で、古く黄ばんでいる。所々が破れて捲れあがっていた。カバンの四隅にはL字の金具が打ってあり、入手当時は金色であったと思われる丸い留め金は、劣化によりメッキが剥がれ緑青が浮いていた。鞄の取っ手には細いチェーンで繋がれた鍵が付いている。

「母さん。この鞄には何が入っているの？」

僕は五〇年代を感じさせる小型の鞄を差し上げた。部屋の隅で父との写真に思いを馳せていた母は、アルバムから目を離すと僕の差し上げた鞄を見た。

「ああ、その鞄ね。多分、お父さんが一番大事にしていた物かも知れんね」

鞄を持ち上げた時、何か紙類のようなカサっとした音がした。

（書類か何かだろうか……）僕は取っ手に付けられていた鍵を鍵穴に差し込み時計回りに回した。すると、ギィという鈍く堅い音がして鞄は開いた。そこには綴り紐で閉じられた現金書留の領収書の束と数枚の葉書、それに父宛ての茶色に変色した封筒が何通か入っていた。現金書留の最初の消印は、昭和三十年六月十二日となっている。僕が生まれる六年も前のものである。最後の日付は、昭和四十二年三月十八日。領収証を確認すると約十二年間、毎月同じような日付で送金されている。金額は最初の頃は一万円、途中から一万五千円になり、最後の方は二万五千円になっていた。

「宛先は慈福園ってなってるけど。これって児童施設かな？」

「そう。長野のお寺の中にある児童養護施設だそうよ。お父さんが、とても世話になった人の子どもさんが預けられていた施設やそうよ」

母は複雑な表情を浮かべ言葉を続けた。

「もちろん、母さんもその施設に父さんがお金を送っているのを知ったのは、結婚して四か月近く経ってからかなぁ。結婚した時には、その鞄は既に持っとったよ。しっかりと鍵がかかっとった。『中に何が入っているんやろう?』と興味が湧くのが人情やわね。父さんが仕事で留守の間に、中を見たろうと思って鍵探したけど、結局見つけられんかった。鍵は自分で大事に持っとった。父さんが鞄の中身を見せてくれたのは、半年ぐらいしてからや。それも私が父さんに鞄のこと尋ねて漸くね」

前にも話したが、父と母は見合い結婚であった。父は東紀州の鉄道の隧道工事のために牟婁地区に来ていた。その時に食事の世話をしてもらっていた旅館の主人の紹介で見合いをし、その一週間後に結婚をしたのである。

「今では考えられんわねぇ」

母が父との結婚話をする時の決まり文句である。当時の人たちは、親が決めた相手との「見合い結婚」が普通で恋愛結婚は少なかったようだ。結婚の直前まで名古屋で働いていた母は、親からの緊急の呼び出しで帰省をすると、それが父との見合いであった。出会って一週間後には結婚式だと連絡があり所帯を持ったのである。

「結婚するまで父さんの躰に『刺青』が入っているなんてねぇ。思いもせんわねぇ」

相手の性格も生い立ちも知らない。お互いに猜疑心を抱えたままで三か月を過ぎた

頃、

「私に対する態度が明らかに変わったんや」

母は少し自慢げに僕に顔を向けた。

母の話によると、結婚当初父は母に
「毎月の生活費として幾ら必要か？」と尋ねたらしい。

「所帯を持ったこともないのに、幾らかかるかわからない」

母が答えると、

「そうしたら、父さんから生活費として二万五千円を渡されてね」

取り敢えず貰ったその金で何とか遣り繰りした。

「結婚当初は、父さんが給料をいくら貰ってたかも知らなんだ」

「最後に少し金が残ったんで、貰っとこうかと迷ったんやけど、できなんでね。それで次の生活費を貰う時に残ったお金を小銭まで返したんよ」

それが三月ほど続くと、父は自らのことを少しずつ母に話すようになったのである。

「私が残りのお金を返したことで、私のことを信じれる人間やと思ったかも知れんね」

「父さん、昔誰かに裏切られでもしたんやろか？」

そう笑う母を見ながら、見ず知らずの男女が、何かの縁でその後の人生を共にする。人とは実に不思議である。父と母の新婚生活は笑える。が、とても味わい深くそれでいて切ない。なんだか小さい頃にＴＶで観た藤山寛美の新喜劇のようだ……。

3

慈福園からの父宛ての手紙の中に、一通だけ差出人の異なる封筒があった。差出人の氏名は「藤井容子」となっている。差し出された当時は、おそらく白い便箋と封筒であったと思われる。時の流れは封筒とその中の三つ折りになった便箋を、色褪せた薄いセピア色のベージュに変色させていた。封筒の中の三枚に亘る手紙を取り出した。開くと黒いボールペンで女性らしい几帳面な文字が綴られていた。

「倉嶋隆志様
お元気で、日々の仕事に邁進されている事と存じます。ようやく、上越にも梅の花が咲き始めました。
早いもので、藤井が突然、天国に召されたあの日から、十八年もの月日が流れようとしています。本当に長い間の不義理にも拘わらず、このような話で始まることをお許しください。私は、藤井が貴方を初めて『じょうえつ』に連れてきた日のことを、今でも折に触れ思い出します。彼のあのように嬉しそうで、楽し気な様子を見たのは、私も初めてで御座いました。本当に彼は嬉しそうでした。隆志さんは知らないと思いますが、藤井には五歳年下の弟がいました。名前は『高』と書いて、貴方と同じ『たかし』と読みます。終戦直前の『東京大空襲』で亡くなりました。当時は大学生で、貴方と同じように東京で建築を学んでいました。藤井は弟を随分と可愛がっていたようで、亡くなったときの落胆ぶりは酷いものであったと聞いています。そのため、同じような経歴で、しかも同じ名前の貴方を、弟が帰ってきたように思い可愛がったのだと思います。そして今から思うと、彼は自分が先に逝くことを予感していたのでしょうか。貴方以外に高也のことを頼める人はいないと思ったのかも知れません。今更、このような勝手な思い込みと甘えについて、私自身が申し上げても、詮無いことですが……。

慈福寺の御住職様から、息子高也の卒業の折に、隆志さんから長い間に亘り、御支援を頂いていたことを御聞きしました。本当に御免なさい。ただ、〳〵、感謝と、そして申し訳なさで一杯です。御蔭様で高也も無事、高校を卒業し、上越で役所の土木課に就職が決まりました。これも陰ながら、御支援くださいました隆志さんの御蔭です。深く、感謝申し上げます。本当に長きに亘り、有難う御座いました。

尚、長きに亘り御支援を賜りました御金につきましては、今後は何卒、御自分と御家族のために御使い下さいますように、伏して御願い申し上げます。何の御恩返しもできない不甲斐ない『義姉』で御座いました。お許し下さい。また藤井と貴方様との御交誼については過去の出来事として御忘れ下さい。

隆志さん、もう御自分を責めずに、御自身を許してあげて下さい。これが藤井の願いでもあり、私の思いでもあります。

乱文乱筆は何卒ご容赦下さい。また浅学の為、至らぬ文面はどうか御許し下さいませ。

昭和四十二年三月二十日　　　　藤井容子」

古い便箋に丁寧に書かれた文字を最後まで読み終えた僕は、しばらくぼんやりと考えていた。父の躰にあった「唐獅子牡丹《からじしぼたん》」の刺青と手紙にある「藤井」という人物との関係に想いを巡らせていた。しかし僕には、綴られている内容を理解することや、想像するために必要な父の情報が圧倒的に不足していた。慈福園と慈福寺。そして

「藤井容子」という名前だけが、頭の片隅にある暗い部分で、疼くように蠢《うごめ》いていた。それが少しずつ意識のある部分に沁みだしてきて、何らかのヒントや啓示を与えてくれることを、僕は静かに期待していた。その後、曖昧な輪郭はゆっくりと時間をかけ形を持ち始める。母が断片的に語ってくれる父の若い頃の話や、長野で行われた法事の席での伯父を始めとする親族との会話を通してである。ところが父について語る親族や関係者の話もまた、ある種の推測や憶測が加味され、生前の父が自己のある時期だけを意図して封印したかのように、もやが懸かっていた。

「まるでミステリー小説にもありそうだね」

僕は母に向かってそう言うと、

「私も知らない部分が多い人やったねぇ。まあ、優しい人やったから、それで良いんとちがう。いまさら詮索しても始まらんからね」

小説にでもなりそうな父の過去の謎が解けるのは、遺品整理をした日から三十年以上も経ってからであった。

Ⅳ　信州にて　一九八七　初秋

1

僕が故郷に戻った年の九月に、父の生まれ育った長野で祖父と祖母の合同法要が営まれた。一九八七年の初秋である。伯父の貞一は九月の十二日から十五日までの飛び石連休に合わせて親戚を集めた。法事は十三日に執り行われたが、僕も含め前日に多くの親族が伯父の家に集まっていた。ただ、父の兄姉妹と僕の従兄姉以外は、親族といってもほとんど初めて見る人たちであった。

「あんたが、たかしちゃんの息子さんかねぇ！」

「感じ（雰囲気）が、お父さんによう似とるなぁ」

父の名前を口にし、声を掛けてくれる気の良さげな小母さんたちに思わず頭を下げる。我ながら、その笑い顔と仕草が妙に不自然でぎこちない。普段であれば、(今の人は?)とか、(このおばさんは○○で、お父さんとは○○の関係だよ)と教えてくれる者がいそうだが、生憎、顔見知りの親族は皆一様に、久しぶりの再会に額を寄せ合い話し込んでいる。僕は笑みを浮かべながら頭を下げる以外の方法を見つけられずに、居心地の悪さを感じていた。僕は相変わらず人との距離感を掴むことが苦手であった。仮に誰かが間に入ってくれたとしても、場の雰囲気を積極的に維持することは無理であったと思う。おまけに、父方の親族がこれほど多いとは考えてもいなかった。

倉嶋家の先祖代々の墓は、善光寺から西にある西慶寺境内にあった。善光寺の仁王門をくぐると、すぐの十字路を西に曲がる。その通りの一角が桜枝町で、その通り沿いに嘗ての父が育った家があった。祖母が亡くなり、次に祖父が亡くなると、長男の貞一は桜枝町の実家を引き払い長野市の郊外に引っ越した。もちろん倉嶋家先祖代々の墓は、西慶寺墓地にそのままある。

西慶寺での墓参りを済ませると、その後、善光寺の本堂内陣にて、親族二十名ほどで法要が営まれた。善光寺での法要が終わると、門前町を下り権藤にある「蕎麦処大門」で昼食となった。予約された店の暖簾をくぐる。すると黒光りする堂々とした大黒柱が最初に目に飛び込んできた。黒檀であろうか。過去に多くの人が案内されて、時間とともに自然に黒く磨かれたと思われる上がり框を踏み、二階の中座敷に案内された。

僕の席は伯父夫婦の隣にあった。倉嶋姓を名乗る伯父夫婦と息子の聡志、そして僕の席が上座に設けられていた。父が纏っていた何気ない誇りや品の良さは、このような家風により育まれてきたのであろう。何代にも亘って継続されてきたお斎《とぎ》である。

「昔は、蕎麦なんて、こんなに大仰に食べるもんじゃねかったさ！」

「まったくだな。粟や稗とおんなじで、食うもんが無うて、仕方なく婆さんが打った蕎麦を食ったもんだなァ」

「いまぁ、ざる蕎麦ァ一盛でも、千円以上は取るだろぅ」

二人の老人の話を興味深く聞いていた僕は、父が休暇で家に帰ってくると必ず「うどん」を打ってくれたのを思い出した。生憎、東紀州には「蕎麦」を日常好んで食する習慣が無い。ましてソバ粉を販売している店などは無かった。仕方なく父は「うどん」を打ったのだ。そうに違いない。

僕は父が打ってくれた不揃いの「うどん」を思い出しながら、木の葉型に形成された土色の練り物を頬張った。「蕎麦がき」である。蕎麦の旨さは「つゆ」の旨さではないかと以前から思っていたが、初めて「蕎麦がき」を食べてそれを確信した。きっとソバは汁の発明により蕎麦になったのだ。二人の老人の会話と、父が作ってくれた濃い醤油色のうどん汁の味を思い出しながら勝手な想像をし、――蘊蓄《うんちく》のネタにでも――と考えている自分に気がつき笑ってしまった。そして二人の老人のやり取りが、慣れない親族との会話や法事での緊張感を和らげてくれたことに感謝した。

2

伯父の貞一は、呂律が回らなくなり始めた長男の聡志に向かい、先に部屋に帰って寝るようにと促した。

「まだ、九時にもなってないだよ」

首筋まで赤くなった聡志は、名残惜しそうに父親の貞一に向かって言う。

「おめえは口が回ってねえ。早く部屋に戻って寝ろ！」

貞一の一言に、聡志はよろめきながら席を立ちあがった。

「佑ちゃん。親父の相手をたのむヮ！」

名残惜しそうに、はだけた浴衣を直しながら席の後ろに回り込むと、僕の肩に手を置いた。その浴衣姿が、乾瓢《かんぴょう》で巻いた昆布巻きのようで思わず笑いながら、

「ありがとう。久しぶりに楽しかった。聡志兄ちゃん、また飲ろうなァ」

僕の言葉に従兄は右手を挙げると、酒と煙草の匂いが混じった息を残して、自分の部屋に戻っていった。

法事が終わると、伯父は僕と長男で従兄の聡志を連れ、湯田中温泉にやって来た。長野駅から長野電鉄に乗る。僕はこの電車に前から一度乗ってみたかった。僕たちが乗車した特急は二〇〇〇系と呼ばれる電車である。赤とベージュのツートンの車両は、名鉄の車両をモデルにした長野電鉄オリジナル車両であった。

――カーブが多いせいか、特急といってもスピードが出ないんだ。泊まる駅が少ないから特急なの?――

などと考えていると、小布施駅に停車した。

(えっ!　葛飾北斎の最晩年の地)

駅に掲げられた看板に目がいく。あの『富嶽三十六景』の?　旅では思わぬことを発見する。神奈川沖の勇壮な船に、白波の立つ青い海と富士の構図が思い浮かんだ。信州と北斎か。縁とは不思議なものだ。そう思いながら車窓からの連なる林檎畑の景色を楽しんでいると、四十分ほどで終点の湯田中温泉駅に着いた。思ったよりも小さな駅である。駅を降りると目の前に「湯田中温泉郷」いう看板がある。その看板から歩いて五分ほどの距離にある「萬屋」という、大正ロマンを感じさせる旅館が予約されていた。

「あいつとも久しぶりに飲んだ。相変わらず酒に飲まれるヤツだ……。ところで、佑、おめえは酒が強いなぁ！　なーんも変わらんようにみえる」

貞一は感心したように言い、目の前にあった徳利の首をつまみ僕の酒盃を促した。

「隆志も酒が強かったなぁ。おめえはそれに似とるのかな」

「おめえ、父さんと一緒に酒を飲んだことあるのか？」

僕は伯父の持つ徳利を受け取り、酒を注ぎ返しながら、

「残念なことに一度しかありません。父さんの最後のダム工事が終る頃です。工事現場の彦根に行き、母親と三人で食事をしました。その時に飲んだビールが最初で最後でした」

僕が答えると、

「倉嶋の一党は、祖父さんもそうだったが、皆ァ酒好きだ。俺にもその血が流れている」

「聡志もご多分に漏れず好きだけんど……弱いなァ」

伯父は笑いながら言った後に、少し改まった口調になった。

「聡志を先に部屋に帰したのは、お前と二人で話したいことがあったからだァ」

そのように前置きをした貞一は、父の隆志のことを語りだした。それは、おそらく母も知らない内容ではないかと思う。父について僕が知っているのは、母からの父に関するエピソードに限られていた。伯父貞一が語ったのは、倉嶋の家族と小学校から二十代半ばまでの父についてであった。

倉嶋家の兄弟・姉妹は、善光寺近くの尋常小学校に通った。城ノ山小学校である。その小学校の歴史は古く、明治天皇が巡幸の折には天覧授業が行われ、昭和天皇が皇太子であった時にも、体操の授業をご覧になられた。

父の隆志は、兄の貞一と同様に城ノ山小学校から高等科に進んだ。父が高等科に進んだ当時、五歳違いの兄の貞一は、既に長野の高等学校を卒業して県庁に勤めていた。そして父が高等科三年の十二月に「大東亜戦争」が始まったのである。

「おれが、隆志に高等科を卒業したら長工専へ行けといったんだ。長工専というのは長野工業専門学校のことだ。戦争が始まったから、建築・土木がこれからは重要になると思ったわけなんだ」

当時は土木・建築を専門に教える学校は、信州では長工専しかなかった。兄である貞一の意向もあり、また、倉嶋家の五人の兄弟・姉妹の中では父の隆志が数字に強かったこともあり、父は城ノ山小学校から高等科に進んだ後、長野工業専門学校へと進学した。

倉嶋家（旧斎藤家）は曽祖父以前から教育には熱心であった。祖母である「とよ」も城ノ山小学校内に設立されていた町立高等女学校を卒業している。さらに、三人の娘である叔母たちも同様に女学校を卒業していた。倉嶋家は曽祖父の代から金銭的には裕福な家であった。祖父は斎藤家に養子に入り斎藤姓を名乗っていたが、その後旧姓の倉嶋を名乗った。つまり祖母の旧姓は斎藤であったが、祖父は斎藤姓を名乗らず、倉嶋を名乗り現在に至っていた。

「じいさんの曾一は川中島の出（出身）で、倉嶋は川中島の郷士だ。郷士というのは、百姓をしながら合戦になると戦（いくさ）に出る。昔の武士は皆そうだった。信玄と謙信の川中島の戦いにも駆り出されて戦ったようだ。武士が農家と完全に区別されるのは、江戸時代からじゃねえのかなァ」

伯父はそこまでを一気に話し終わると、目の前の盃酒を飲みほした。

父は昭和十九年に長野工業専門校を卒業すると、伯父と同じ県庁に就職する。ところが配属された部署が気に入らず一年足らずで辞めてしまった。

「配属された課が今でいう保健所が担当するような衛生管理をするような部署で、あいつは土木・建築の専門だ。合わないのは当然だァ」

「もう少し辛抱しろ。配置換の時期が来るからといったんだが。おれに相談もせず辞表を出していたんだァ」

貞一が話したように、父が県庁を勝手に辞めたのは「大東亜戦争」が終わる年のことであった。そのあと父は実家を出て東京に出たらしい。しかし東京も大空襲の焼野原になっていた。その後の三年ほどの父の消息については、貞一も知らないという。

「ちょうど戦争が終わって三年ほど経った頃かな。突然、あいつは家に戻って来た。まあ、おふくろが大層怒ってな。兄さんにどれほど迷惑をかけたんだって！」

伯父は当時を振り返りながら、ゆっくりとした口調で話を続けた。

「帰って来た途端に『金を貸してくれ！』だァ。それも、『纏まった金が必要だ！』の一点張りだァ。それしか言わねえから、怒るのもあたりまえだァな」

「オレが、何に使うんだ！　と聞いても、『兎に角、金がいるんだ！』としか言わねぇ。なぁーんも言わねえから、大方、博打か何かで借金でも拵えたんだろう！　ということになったんだ」

突然に帰郷した父の話を、伯父はそう締めくくった。

終戦から三年ほどの時期である。実家にも纏まった金などあるわけがない。そうすると父の隆志は、あろうことか実家が所有していた畑の登記簿を勝手に持ち出し、金に換えてそのまま行方を晦ましてしまった。そのため祖父は仕方なく父を勘当したのである。

ある時期、父が倉嶋家から勘当されていたことは母から聞いてはいた。ただしその理由については知らなかった。そのわけを聞くと、父の勘当は弁解の余地も無い仕方のないことで、至極尤もなことではあった。けれども僕には伯父から語られた過去の父の在り様と、僕が知っている生前の父の姿とがどうしても結びつかずに困惑していた。纏まらない感情を目の前の盃酒で喉の奥に流し込んだ。

僕は困惑した感情を鎮めるかのように、敢えてゆっくりとした動作で伯父に酒を注ぎ、

「伯父さん、父が突然お金の無心に来た時、父の躰に刺青はあった？」

と思い切って尋ねてみた。

父の隆志には、右肩から背中にかけて刺青があった。『昭和残侠伝』の健さんのような「唐獅子牡丹」の刺青である。幼心に刺青がどういうものかは分からなかったが、大きくなるにつれ、少しずつ察しがつくようになった。生前の父は家族の前でも、半袖の下着姿でいることは一度もなかった。更に夏でも長袖のシャツを着ていた。自ら、

一生消えない印を躰に刻んだことへの悔恨は、亡くなるまであったに違いない。そのことについて父が僕に話をしたことなどもちろんない。母もまた、結婚するまで父に刺青があるなど知る由もなかった。そしてその経緯についても、亡くなるまで母にも話すことはなかった。

「隆志が、実家に金の無心に来た時には既に刺青はあった。俺は直接見ていねぇが。おそらく、家を飛び出し三年ぐれぇ経ってたから、二十一か二十二の頃だと思う。そん頃は、ヤクザな道に入っていたのかもしれん」

貞一は溜息交じりに目の前の盃に口をつけた。

「下の妹二人はまだ嫁に行ってなくて実家にいたんだが、妹の暎代《てるよ》が先に気が付いて俺に言ってよこした。俺ァすぐに、『母さんには絶対に言うんじゃねぇ！』ってな。口止めをしたんだ。だから祖母ちゃんは、隆志に刺青があることは死ぬまで知らなんだ」

こう続けると再び盃を呷った。

暎代は父のすぐ下の妹で、父の兄・姉妹の中では最も仲が良かった。父が実家を飛び出してから以後の生活についても、一番知っていたようだ。

「暎代から聞いたんだけんど、実家を飛び出してから一時期ヤクザな道に身を置いていたようだ。権利書を持ち出した時は、借金のカタか、足を洗うのに金が要るんだと思ってた。でもそうじゃなかったようだ……」

伯父は、叔母の暎代から聞いた話であると前置きをすると、何故父が金を無心に来たのか、そして土地の権利書を勝手に持ち出して家を出たのかを話してくれた。

その話によると、父が金の無心に実家に戻って来た頃には既にヤクザとは縁を切っていたようだが、ただその時に世話になった人が事故で死んだらしい。その人は子どもが生まれたばかりで、残された恩人の嫁さんと子どもを少しでも助けたい一心で、川中島にある畑の権利書を持ち出し金に換えたようだ。

「それを聞いて、オレも隆志を許す気になったんだァ……」

伯父の言葉に、

「まるで高倉健が主演の映画にでもなりそうな話だね」

僕は努めて明るくそれだけ言うと、父の話を切りあげた。

貞一によって語られた父の姿は、まるで任侠映画かドラマの主人公のようで、僕には別の世界で生きる他人のような気がしていた。当然、僕には伯父の語る父の姿と、家族として過ごしてきた父の姿とを重ね合わせることには無理があった。まるで誰かが創作した人物にしか思えないでいた。

僕がしばらく無言でいると、貞一は丸い赤ら顔の皺に挿まれた細い目を瞬かせながら、開けた浴衣のままゆっくりと立ち上がった。

「もし、隆志の若い頃のことをもっと聞きたければ、暎代叔母さんに聞いてみな」

貞一は酒で赤くなった顔よりも更に赤い目に、今にも零れそうな涙を溜めて言った。

「佑、兄弟というのは年を取るほどいいもんなんだア。俺は隆志が先に逝っちまって、本当に寂しいよォ……」

僕を見てゆっくりと頷いた貞一は、浴衣の帯を直すこともなく下着とステテコ姿そのままに、小太りの身体を揺らしながら自分の部屋に戻っていった。

僕には兄弟がいない。それゆえに、伯父の父に対する感情の襞《ひだ》を深く理解することは難しかった。ただ、(貞一伯父さん、ありがとう……)

伯父の最後の言葉に素直に感謝した。そして藤井容子から父宛ての手紙の内容とその意味が、少しだけ見え始めてきたことにも。

V　東紀州　一九八八　梅雨から初夏に

1

筆圧の強いペンで斜線を引いたように、いつもの目に映る景色に水滴が落ちてきた。東紀州の雨は刺激的だ。アスファルトから跳ね上がる水滴が途中で止まったように見える。歩くその度に、穿いていたジーンズは見る間に膝のあたりまで濡れていく。跳ね上がって静止した水滴を、わざわざ自分の足で蹴りにいってるようで僕は思わずため息が出た。

朝七時五〇分に降り立った駅のホームは、まだ薄日が差していた。それが一転、帰宅時を思わせるように俄かに薄暗くなった。暗く厚い雲に覆われたかと思うと、見る間に「バチバチバチ」という雨音が響きはじめ、雨が降り出した。僕の住む牟婁地区ではよくあることだが、今日の雨は特に酷い。地域特産の十二本骨の雨傘を差すと、急ぎ足で郵便局に向かった。南牟婁郵便局に勤めて一年以上が過ぎようとしていた。

「いやぁ〜。酷い降りだね！」

迎えてくれた古山局長が、赤い〒ロゴマークが入ったハンドタオルを渡してくれた。お気に入りのベージュ地に赤とブルーのチェック柄のシャツは、郵便局に着くまでにぐっしょりと濡れていた。制服に着替えると、膝まで濡れたインディゴブルーのジーンズとチェックのコットンシャツをハンガーに吊るした。そしてロッカールームで一番エアコンの風が当たりそうな壁の桟に引っ掛けた。

その日は生憎、一日中雨の中での配達作業であった。金曜日であったが郵便物はそれほど多くは無かったが、言うまでもなく雨の日は、晴れた日と同じように郵便物を届けることは難しい。とりわけ、この地域の雨は刺激的だ。配達する郵便物には雨を防ぐために透明なレインカバーをするのだが、何度も言う。この地域の雨は刺激的だ。封筒の角が濡れて破れかけたり、葉書は宛名の文字が滲み、読めなくなったり波打ったりする。そうなると流石に（ため息）が出る。それほど東紀州の雨は容赦なく郵便物を襲う。雨粒は雨合羽の袖口から指先まで勢いよく流れ落ちてくるのだ。

（仕様が無いよな……。こんな雨の日は……）どこかで聞いたような詞《ことば》が口をつく。

（うーん⁉　フォークシンガーの小室さんにこんな歌があったような……）

郵便ポストを相手にそんな自己弁護をしながら、ようやく配達を終え郵便局に戻ると、既に苦情の電話が入っていたりする。

「誤配だ！　すぐに取りに来い！」

「配達された郵便が雨でグチャグチャだ！　何とかならんのか！」

などである。これなどは配達担当に責任があるので仕方がないと思う。

ところが、

「家の前の植木の鉢が落ちて割れていた。郵便屋のバイクの音がしたから、郵便局の職員がやったんだろう！」

――オイ、オイ！　それはまったくの濡れ衣も甚だしい――

僕は珍しく憤慨した。これには局長がすぐにクレーム宅を訪問して濡れ衣を晴らしてくれた。このように郵便局には毎日のように様々なクレームが入る。その殆どは郵便物に関するクレームである。ただしクレームに対しては、相手が興奮して必要以上の問題に発展しないように応対を心掛けなければならない。それゆえに、僕は相変わらずの怯懦《きょうだ》な性格を何とか抑えながらこの日も（何事も無いように……）と願い配達を終えて郵便局に戻って来た。

――雨の日の配達になると僕には決まって思い出すことがある。大学を中退して働き出した頃だ。仕事を終え電車を待つ間に、駅で目にした掲示ポスターのことである。そのポスターには、雨の中を歩く「うさぎ」と「ねこ」が描かれていた。

「白いうさぎ」は雨の中を胸にしっかりと「本」を抱えて歩いている。その傍らでトラ模様をした「ねこ」が「うさぎ」に傘を差しかけている。本を抱えた「うさぎ」は不安げな表情をしているが、「ねこ」は優しい目でそれを見ている。

「君は決して一人じゃない」ポスターにはそう書かれていた。

一九八三年〜一九八六年にかけて戦後の自殺者はピークを迎えていた――

「倉ちゃん！　お疲れ様！　雨の中大変だったな！」

先に帰局していた主任の上地が笑いながら声を掛けてきた。雨でふやけた白い額と暖房で風呂上がりのように赤らんだ頬で今日の雨の酷さが分かる。

「倉嶋君、ご苦労さん！　先に濡れている服を乾かせ！　敏子さん、彼にバスタオルを渡してやってください」

「それから、一息ついたら、残務処理をしてくれ！　1Hの超勤だな。よろしく頼む」

局長の指示に、パートの大西敏子が側にあった営業用のバスタオルを急いで僕に渡してくれた。

局長の古山は、残務処理を始めていた僕の前に超勤命令簿を差し出すと、濡れたシャツの肩に軽く手を添え、

「ご苦労さん」

と再び声を掛けてきた。彼の発する言葉は、静かではあるが、温かい。人を癒す音の響きがあるようだ。神様は不公平だ。彼のような声に生まれたら、僕のコミュニケーション能力も少しはマシになっていただろうに……

そんなことを考えていると、思いがけなく小松乃梨子から声を掛けられた。

「倉嶋さん、明日は非番日ですよね？　空いてないですか？」

唐突な彼女の申し出に、驚いた表情でいる僕に彼女は言葉を続けた。

「もし、倉嶋さんが、明日の土曜日に何も予定がないなら、付き合ってほしいことがあるの」

僕は雨でふやけた目を瞬かせながら、

「え!?　僕にですか？　特に明日は、予定はないけど……」

彼女にもなんとか聞こえそうな声で、しかもかなり間の抜けた調子でそう答えた。

2

七月中旬の土曜日である。僕の家に近い中牟婁駅で小松乃梨子と待ち合わせをした。駅の時計が午前七時三〇分を廻った頃に、駅前の駐車スペースに赤い車が滑り込んできた。フロントの「ライオン」のエンブレムが際立っている。

中牟婁駅には、列車は二時間に一本の割合でしか着発しない。七時一〇分の列車が到着して以降は、次の列車までは利用客の姿は駅にはなかった。僕は人目を避けるために、その時間帯を待ち合わせに選んだ。

「おはよう！　待った？　乗って！」

鮮やかなスカーレットの車の左側の窓が開いた。肩までの髪をポニーテール風に束ねた小松乃梨子が運転席から顔を出した。彼女に促されるままに、中央に黒いラインが印象的な右側のドアを開け、助手席に乗り込んだ。僕は車には余り興味はなく詳しくなかったが、ライオンやダブルヘリカルギアのエンブレムはフランス車で、鉄の♂マークはスウェーデン、その他、日本で高級車と呼ばれる外車はドイツ車が多いことぐらいは知っていた。

「へーえ……。フランス車ですよね。ツードアのハッチバックかァ」

「この車の排気量は何ccですか？　左ハンドル車の運転って怖くないですか？」

乃梨子との初デート？での、最初の会話が意外とスムーズに入れたことで正直ほっとしていた。

助手席に座ると、コンパクトな外観からは想像できないほどに広く感じる。シートは布製であった。手のひらで座席をなでると肌ざわりがとても心地よい。ステアリングの真ん中のライオンが、また印象的である。スタイリッシュで赤の塗装も美しい。

「この会社が初めて出したコンパクトカーで、ナンバー205。一六〇〇ccで、『バイクモーター社』の関係に知り合いがいて買わないか？　って」

乃梨子の明るい声に僕は少し驚きながら、

「『バイクモーター』ってあのオートバイの？」

と聞き直した。乃梨子は頷くと、

「そう！　最近は軽の四輪駆動車を発売して有名になったでしょ。その販売店の人から勧められたの」

彼女は、自らの赤い愛車について説明をした。女性でも乗りやすいコンパクトなサイズで、「バイクモーター」で取り扱っていることや外車にしては値段が安く、コストパフォーマンスが優れていること。彼女自身が車の運転が好きなこと。そしてハンドルが左で5速MTのため慣れるまでちょっと怖かったことなどを話してくれた。

ところで小松乃梨子が（何故、僕を誘ったのか？）という理由である。

「実は四日市の近鉄駅前の映画館で、『スター・アドベンチャー』の三部作が一挙に上映されているの。『スター・アドベンチャー』の三部作を三十歳に近くなった女が一人で見に行くのって少し恥ずかしいじゃない」

「さすがに友達はみんな結婚していて、付き合ってくれる人はいないし……」

ということらしい。

「それで、僕ですか？」

僕は笑いながら、丁度僕も「スター・アドベンチャー・I」しか見ていなくて他のシリーズを見たいと思っていたことを彼女に告げた。

松阪駅前のコインパーキングにスカーレットの205を入れると、僕と乃梨子は松阪駅から近鉄特急に乗り四日市に向かった。駅前のコンビニで買ったおにぎりとサンドイッチ、そしてペットボトルの烏龍茶で遅い朝食を済ませた。途中彼女の家族のことや、僕が郵便局でアルバイトを始めた経緯などを話していると、五〇分程で四日市駅に到着した。

近鉄四日市駅の北口で降りて「松」のシンボルマークで有名なデパートを目指して西に向かうと、右手に上映中の映画の大きな看板が見えてきた。その看板の下に映画館の入り口が三つ並んでいる。いちばん西側の映画館で「スター・アドベンチャー」の三部作が上映されていた。

映画館の前に立つと、一〇時四〇分を少し過ぎている。「スター・アドベンチャー・Ⅰ」は、すでに九時からの上映が始まっていて、時間的には「Ⅰ」が佳境を迎える頃であった。僕たちは、お互いに「Ⅰ」を見ていたこともあり途中にも拘らず、そのまま映画館に入ることにした。——当時は上映されている映画に途中から入場ができた——

最後の「Ⅲ」が終了したのは、一七時三〇分を過ぎる頃であった。少し興奮気味に映像のクォリティの高さやストーリー展開の面白さを語り合いながら、僕と乃梨子は、互いにＪ・ウォルトンフィルムが創作したスペースオペラの世界感にどっぷりと嵌まり込んで、空腹も忘れて二人で映画の話に夢中になっていた。結局その日は、帰路の途中で食事をすることもなく、乃梨子の提案で、彼女のアパートで遅い夕食を摂ることとなった。

3

乃梨子の住む2DKのアパートは、彼女の雰囲気そのままに清潔感を感じさせた。玄関を入ると、すぐに部屋のドアを開け僕を招き入れてくれた。そこは、キッチンとアコーディオンカーテンで仕切ることで八畳程の広さとなる、ひと続きのワンルームの部屋になっていた。床にはキリム風のデザインカーペットが敷かれている。ベランダへの窓には、ウィリアム・モリスのデザインであろうか、ヨーロッパの古色で描かれたフルーツ柄のシックなカーテンが引かれている。そして壁際には、座面が草色の布製カバーの二人掛けソファーがあった。さらに前には、おにぎりの形をしたガラス・テーブルが置かれている。ソファーの向かいの壁面には、19インチほどのフラット型TVと小振りで横長の李朝箪笥があることに気が付いた。

僕は、モダニズム建築やそれから派生した家具や日本の民芸、それにアジア系の雑貨ややきものなどに興味があった。今でも、その類の写真集や雑誌を買っては読んでいる。お蔭で無駄に家具や雑貨類に関する知識だけは持ち合わせていた。

乃梨子の部屋の李朝箪笥には、幾何学模様のイカットが掛けられていた。その上には東南アジアの民芸品として見かける木彫りの小さな猫が二匹並んでいる。民芸調の家具は木目を基調色としている。そのため落ち着いた風合いにはなるが、暗くなりがちであった。それを、マルチカラーで幾何学模様のキリム風カーペットとフルーツ絵柄のカーテンが、女性らしい雰囲気の部屋を創り出していた。部屋はもう一つあったが、そこは引き戸で閉められていた。おそらく乃梨子の寝室であろう。

「あまりジロジロ見ないでね。恥ずかしいから。狭い部屋だけどそこに座って」

彼女に促されて、キッチンにある小さなテーブルの二脚ある椅子の一方に腰を下ろした。座面と背もたれが褐色の曲木《まげき》の椅子と、二人が食事をするには程良い大きさの木製のテーブルである。

「とても、素敵な部屋ですね。このテーブルも、そして『曲木の椅子』もとてもいい。このターコイズ・ブルーのタイルはトルコ・タイルですか？」

飴色の塗料で塗られた正方形のテーブルの中心部には、青を基調とした紫や赤で描かれた植物や幾何学模様が施された10センチほどの四角いオリエンタルなタイルが嵌め込まれている。

「あっ、それから、イカットが敷いてあるのは『李朝箪笥』？　奥のテーブルは『イサム・ノグチ』のコーヒー・テーブルだよね？」

僕は、おにぎり型のテーブルを指さして言った。

「え～!! トルコ・タイルやイカットや李朝箪笥……。それに、イサム・ノグチまで知っている人って初めて！」

彼女は驚いた様子で僕を見た。

「あっ！ 誤解しないでね。この部屋に入った男性は貴方が初めて。女友達からは、言われたことなかったから」

乃梨子の言葉を聞きながら、

――このインテリアは彼女自身が選んだものなのだろうか？――

さらに、柳宗理のバタフライ・スツールでも一緒にあれば、間違いなく専門家であるか、若しくはインテリアにかなり詳しい人のアドバイスで購入した「もの」であろうと僕は感じていた。

トルコ・タイルの嵌め込まれたテーブルを挟んで、僕と乃梨子は老舗のカフェで見かける曲木の椅子に向かい合わせに座った。コンビニで買った缶ビールとチリ産のリーズナブルな赤ワイン、それにベビーチーズとサラミ。そして僕がリクエストしてカゴに入れたパックの助六寿司で二人は遅い夕食を始めた。

映画の話は帰りの車の中で散々盛り上がったので、ここでは職場でのことや、個人的な趣味や恋愛の話になった。

彼女は、地元の高校から名古屋の大学に進学し大学の先輩と恋をしたこと。そして名古屋市内の郵便局に就職したこと。その後、付き合っていた彼と別れたことや勤めて二年程した頃に地元の郵便局への転勤の話があり、故郷に戻って来たことなどを話してくれた。

僕は専ら聞き役に徹していたが、インテリアに関して少しばかりの蘊蓄を語れる理由を話すことにした。大学時代にドイツの「バウハウス」と日本の民芸を主導した柳宗悦の関係性に興味を抱き、それに関する書籍や論文を読んだこと。さらには建築・家具のデザインについての写真集などを探すためによく図書館に通ったことや興味はその後「やきもの」に移り、バーナード・リーチや濱田庄司などで有名な益子の窯元を訪れたこと。挙句に伊賀にある三重県窯業試験場でアルバイトまでして、大学二年生の単位を落とすところであったことなどを話した。

静かに頷きながら聞いていた彼女は、僕が話し終わると同時に尋ねてきた。

「佑さんは、『坂口安吾』を読んだことがある？」

乃梨子は帰る車の中から、僕のことを「佑さん」と呼ぶようになっていた。

「ええ、『堕落論』の坂口安吾ですよね。ブルーノ・タウトの日本美に対し、『日本文化私観』で反論している安吾の文章を読んで感銘を受けました。『特攻隊』に関することなども十八歳の頃に読んで。まあ、周りの人には右翼的だと言われましたが……」

――乃梨子も『日本文化私観』を読み、「機能美」のことやブルーノ・タウトの関係について知っているのだろうか？――

僕は彼女のその問いに少し奇異を感じつつ、真意を探るようにそう答えると、

「佑さんは今、好きな人は？……あっ、いたら私なんかと映画なんか行かないか！」

と、彼女は唐突に話題を変えた。

「えっ⁉　好きな人ですか……」

戸惑う僕の声音を察したように
「名古屋から地元に戻ってきて、今年の春で丸五年。誕生日が来れば三十路ですよ！」

乃梨子は酒の勢いもあってか、自虐的な笑いを誘うように言った。その言葉とは裏腹な、少し甘く眠そうな、それでいて奥に覚めているような瞳を僕に向けていた。そして自らの火照りを冷ますように、赤ピンク色に染まった頬を綺麗な細い指をした薄い掌で包み込んだ。その弛緩した仕草を、僕はとても綺麗だと感じていた。そして今にも搦めとられそうになる彼女の瞳から、慌てて目を逸らすと、テーブルに嵌め込まれたターコイズ・ブルーと紫色の植物が描かれたトルコ・タイルに目を移した。彼女

は、空になった赤ワインのボトルの首をつまむと、立ち上がった。

「もう少し飲む？　この間、友達が遊びに来た時に置いていったレモンサワーなら冷蔵庫にあるけど……」

反射的に彼女に顔を向けるのと同時に、覗き込むような彼女の瞳が、僕の目の前に現れた。瞬きをする間もなく、少しぽってりとした乃梨子の唇が僕の唇に重なった。

僕がゆっくりと瞬きをするその瞬間に、彼女が自らの手で触れていた苺色の綺麗な頬と唇が離れていった。

4

乃梨子と映画を見にいってから二週間ほどが経った八月の初旬である。再び彼女のアパートを訪れることとなった。乃梨子から食事に誘われたのである。その日は盛夏、いや炎夏と呼べるような日差しの強い一日で、色白の僕の顔はメガネの後をクッキリと残し、額から頬にかけて赤く火照っていた。

（流石に八月だ……）初旬にも拘わらず夕方の五時を過ぎる頃になっても暑さは和らぐどころか、夜に向かっても一向に涼しくなる気配がない。

本当に（やれやれ……）だ。また村上春樹の小説に登場する主人公のような言葉が口をついて出た。ディランの『風に吹かれて』の歌詞にしても、小説の中の言葉にしても、実によくできている。非凡なアーティストたちが紡ぎ出した言葉は、平凡で怯懦《きょうだ》な性格の僕を幾度となく救ってくれる。——疲れると思考もネガティブになる——


一八時半を少し過ぎた頃に、僕は乃梨子の部屋のチャイムを鳴らした。

「七時を過ぎると思ってたわ！　今日は郵便物が多かったんじゃないの？」

ドアのチェーンロックを外し笑顔で迎えてくれた彼女に、

「いや、そうでもありません。最終便で到着した郵便物が、思ったよりも少なかったので助かりました」

そう答え、持参したワインボトルが二本入った紙袋を乃梨子に手渡した。

「ありがとう！　赤と白ね」

乃梨子は紙袋からワインを取り出すと、トルコ・タイルが施されている正方形のテーブルの上に置いた。最初に赤ワインを手にすると、銘柄を読み取ろうとラベルに顔を近づけ眺めている。

「フランスかな？　えーっと……ブルゴーニュ？　それだけは読めそう」

僕は彼女の言葉に頷きながら、

「正解！　赤はブルゴーニュのコート・ド・ニュイのピノ・ノワール。『コート・ド・ニュイ』というのは、畑の名前で、ピノ・ノワールは葡萄の品種」

少しばかりワイン事情に詳しい大学時代の友人からの知識を、僕はそのまま乃梨子に披露した。

大学時代の友人とは大阪にある酒屋の長男で、今でも付き合いのある僕の数少ない友人の一人であった。在学中は暇を見つけてはヨーロッパのワイナリーを訪ねていた。

「大学時代の友人が、結構大きな酒屋の跡継ぎでね。そいつに頼んで送ってもらったんです。職場でお世話になっている女性の誕生日にワインを贈りたいと言うと、この二本をセレクトしてくれました」

「ありがとう！　私もワインについては全くの素人だけど、最近、女性雑誌にワイン特集とかあるじゃない。それで読んだことがあるんだけど、ブルゴーニュのコート・ド・ニュイって、あの『ロマネコンティ』が造られる畑がある処じゃない？」

彼女の問いに、僕は口を「へ」の字にすると、

「I'm not sure.」

と答えた。

外人がよくする仕草を真似たつもりであったが、彼女はキョトンとしている。

（どうも僕にはユーモアのセンスは無さそうだ）

後で酒屋の友人に聞いてみると、乃梨子が言ったようにコート・ド・ニュイという地域でワインの最高峰と称されるロマネコンティが生産される畑があるそうだ。ワインのラベルに表記されている「CôTE de NuiTs ― VILLAGES」はコート・ド・ニュイ村という意味であると説明してくれた。

「もう一本はイタリアの『オリヴィエート』の白ワインでしょ。私、このワインは知ってる」

「おっ！　すごいね！」

白についても、彼女が言いあてたように「Orvieto Classico」（オリヴィエート・クラシコ）というイタリアの白ワインである。これも友人がイタリアへの旅で飲んでみて、「値段がリーズナブルな割にはとてもおいしい！」と感じたワインらしい。

オリヴィエートも生産地域の名前である。「クラシコ」というのは、葡萄の木が古いことを示す。オリヴィエート地域にはクラシコゾーンと呼ばれる古い木ばかりのエリアがあるそうだ。

「赤は肉で白は魚って言うけど……」

乃梨子はそう言いながらトルコ・タイルのキッチンテーブルに、ターコイズ・ブルーの大皿を置いた。そこにはトマトソースのペンネがたっぷりと盛られている。さらに粉引のオーバル皿には、イカリングのフライと白身魚のフライが乗せられていた。加えてポテトサラダにレタスとプチトマトが綺麗に盛り付けられてタルタルソースが添えられている。

彼女の選んだ器に感心しながら、暫く料理を眺めていた。

「どうして僕を映画に誘ったんですか？」

唐突に、そして再びそのことを僕は乃梨子に尋ねてみた。赤と白のワインが両方とも半分ほどになり、お互い頬の周りが赤くなり始めていた頃であった。

「赤と白を交互に飲みながらの食事って、マナーとしてはどうなんだろう……」

彼女は直ぐには僕の質問には答えなかったが、暫くして、

「正直にいうと別れた彼に似ているの……。よく似たタイプに感じて。もちろん顔とかじゃなく雰囲気がとても……」

その言葉は別れた彼への乃梨子の心情を察するには十分な答えであった。そう感じたのは、僕もまた同じように一人の女性を忘れられずにいたからである。大学のゼミの研究室に向かう階段の前で、いつも待ち合わせをした女性。僕の心の棘、いや、大

きな傷として、――とても陳腐な表現だが――映画のワンシーンのようにRe・プレイされる。繰り返し、繰り返し、とても切なく深い自責の念をともない立ち現れるのだ。

「最初のスター・アドベンチャーを見たのも、別れた彼氏とでしょう？　実は僕も同じです」

そう言うと、僕は大学を辞めて彼女の前から突然に姿を消した自らの過去を乃梨子に語った。乃梨子は僕の話を静かに問いかけることもなく聞いていた。そうして話が終わると二人は自然にハグをした。

僕の肩に頬を埋めた乃梨子の束ねられた髪からは、ほのかなシャンプーの香りがした。その優しい香りとは裏腹に、背中に廻された手は僕のシャツをギュッと握りしめ、ほっそりとした肩は小刻みに揺れていた。

――幸せだった記憶が、最も感傷的な瞬間に変わる――

その日の夜を境にして二人の関係はゆっくりと静かに進展していった。僕は彼女のアパートを時々訪れるようになった。そしてお互いのことを語り合うようになった。けれども僕自身もそうであったが、彼女もまた職場では僕のことを「倉嶋さん」と呼び、周囲の人に対しては、互いの関係や親密な距離感を匂わせるような素振りは一切見せなかった。

VI　Out of the blue　一九八九　秋から冬

1

十月中旬の良く晴れた日であった。お互いが休日になる日を選び、朝一番の名古屋行きの高速バスに乗った。乃梨子はアパートに一番近いバス停から、僕は実家から最も近いバス停から別々に乗り込んだ。名古屋までは三時間ほどで、九時少し前に名鉄バスセンターに到着した。その日の目的は、日比谷ＴＯＨＯシネマ「みゆき座」で七月に公開されて以来、ロングラン上映となっていた『恋人たちの予感』が、名古屋駅前ビルの名宝シネマでも上映されることになった。その映画を二人で見るためであった。

乃梨子による雑誌情報では、巷でよく話題にされる「男女間に友情は成立するのか？」をテーマにした一組の男女が織りなすラブ・コメディであるらしい。人気があるのか直近の上映は満席であり、一三時からの上映のチケットを何とか購入することができた。

上映時間までは三時間以上ある。昼食にはまだ早い時間帯で、駅前の飲食店には暖簾が掛かっていない。僕が腕時計に目をやると、

「お昼を食べる前に、もう一箇所付き合ってほしいところがあるの」

僕のデニムのカバーオールの袖を引っ張ると、乃梨子は隣にある大名古屋ビルディングに向かって歩き出した。ビルの三階でエレベーターを降りると、そこは「献血ルーム」であった。

「私、毎年『献血バス』を利用して献血をしているんだけど、今年はまだしていないの。ちょうど、名古屋に来たからついでにと思って」

「毎年!?」

僕が驚いて聞くと、

「そう！　毎年！　大学生の頃からだから、かれこれ十年近くになるかな。佑さんは献血したことある？」

予想もしていない展開で驚いた。しばらく固まったように彼女を見てしまった。聞

かれるまでもなく、僕は一度も献血に協力したことはなかった。

乃梨子が大学一年生の秋に、キャンパス構内に献血バスが巡回してきた。その時に、(医療への貢献と同時に自分の健康もチェックできる)と思いそれ以来、毎年続けるようになったそうである。

「社会貢献と自己管理ができるのよ。一石二鳥じゃない」

彼女は半ば強引に僕にも協力するように勧めた。乃梨子に言われるままに生まれて初めて、四〇〇ミリリットルのAB型の血液を提供した。ただ乃梨子自身は、事前検査での白血球の数値がよくないとの理由で献血ができなかった。これも彼女にとって初めてのことであった。

献血ルームを後にすると、僕がリクエストをした太閤口のガード下にある「あんかけスパ」の店に向かって歩き出した。

「結局、私が献血できずに、佑さんが四〇〇ミリリットルも血を採ったんだから、もっとカロリーの高いもの食べたらいいのに」

彼女はそう言ったが、僕は名古屋に来たなら、やはり「あんかけスパ」だろう!と決めていた。

「あんかけスパ」とは、餡かけ豆腐や天津飯などにかかっている「餡」が、太いスパゲッティの麺にかけられている、名古屋特有のパスタ、いやスパゲッティのことである。一度食べると不思議と癖になる。ただし、「あんかけスパ」を食べるときには、餡がシャツに飛ばないように細心の注意を払いながら麺をすする必要がある。いわゆる、カレーうどんを食べる時と同じ注意力を必要とした。何とも面倒くさい食べ物であるが、これが癖になる。きしめんといい、味噌カツといい、名古屋には独特の食文化が根づいている。

以前、長野の伯父の貞一と名古屋駅の地下街の店で昼食をした時のことであった。伯父は、定食の赤だしを一口に含むと、

「これは味噌汁じゃねぇ！」

というなり、後は口にしなかった。これを思い出し乃梨子に話をすると、

「確かに信州みそには、色にも味にも八丁味噌にはない品のよさを感じるわね。けど逆に品の無さが、八丁味噌を代表とする名古屋文化の個性と面白味じゃないかしら」

このような他愛もない会話を通して、彼女の物の見方を感じることが不思議と楽しかった。乃梨子もきっと僕に対して同じような感情を抱いている気がしていた。

一三時からの『恋人たちの予感』はカップルで満席であった。中央から三列後方の

右側通路に近い席に並んで座った。

「主演のメグ・ライアンって知ってた？」

という彼女の問いに、僕は首を横に振った。乃梨子からの誘いであったので、一応映画の下調べはしたが、主演のメグ・ライアンも相手役のビリー・クリスタルについても、まったく知らなかった。

「女性雑誌には、おすすめ映画のコラムがあるでしょ！　あっ、あなたは読まないわね。兎に角あるわけ。そのコラムの『あらすじ・解説欄』を読むと、とても面白そうなので誘ったの」

「そのコラムには、ネタバレみたいなのも書いてあるの？」

と僕が聞くと、

「ネタバレじゃないけど、『男女の間に友情は成立するか？』という問題に苦悩しながら、十一年後に結ばれるコメディ・タッチのラブ・ストーリーって書いてあった」

「うーん……。女性が好きそうな展開だね」

僕がそう返すと、

「えー!?　そう!?　この手のストーリーは男性も好きじゃない」

僕は笑いながら、

「そうかもしれない」

と答えると、彼女が手のひらに乗せてくれた小粒な三角形のチョコレートを頬張った。そのアポロ宇宙船を模した苺色のチョコレート一つが「星形」であることに気付いた時、上映開始のブザーが響き館内が暗くなった。

こんなふうに静かにゆっくりと進展していた彼女との時間は、ＰＣがフリーズしたように突然固まって動かなくなった。乃梨子が「緊急入院」したのである。

2

名古屋で映画を見てから三週間ほど過ぎた頃である。季節は明らかに秋から霜が降る頃に移り、郵便局では「年賀はがき」の窓口販売が始まろうとしていた。職員全員が集まれる時間帯を見計らって、古山局長の口から乃梨子のことが告げられた。

「小松さんが急病のため、長期で入院することとなった。詳しいことは分からないが、病院で検査をしたところ、緊急に入院することとなったようです。ただ本人はいたって元気そうで、先ほども電話で話したところです。彼女からは、年末年始の一番忙しい時期に休むことになり、本当に申し訳ないと、皆さんに伝えてほしいとのことです」

「どこに入院したんですか？」

と局長の話が終わらないうちに、大西敏子が聞き返した。

「伊勢市内にある医療センターだそうだ。一先ず、お見舞いについては、しばらく遠慮してやってほしい」

古山局長はそう話すと話を切りあげた。

（市内の病院に検査を受けに行くことは、彼女から聞いてはいたが……）

「名古屋で『献血のダメ出し』があった後、貴方からも精密検査を勧められたでしょ。私も少し気になっていたんだけど……年賀の予約や配送が終わってからと思ってたの。明日、お休みもらったから病院に行こうと思ってる」

乃梨子は僕にこのように話していた。

仕事が終わり、すぐにでも詳しい病状などを聞きたいと思ったが、アパートに彼女が居るわけもない。だからと言って、彼女の実家に直接問い合わせることも躊躇われた。

とにかく、乃梨子からの連絡を待つか、職場の同僚からもたらされる彼女の情報について、敏感に注意を払っているしか方法がなかった。今のようにスマートホンが普及していない時代である。職場での情報もないまま、乃梨子が緊急に入院してから一週間ほどが過ぎていた。

「敏子さん、小松さんのこと何か分かった？」

流石に僕も我慢できずに、休憩室にいた大西敏子に尋ねた。

「ううん……。私も心配で古山局長に聞いたけど、ずーっと検査をやってるみたい。病名とかは局長さんも分からないのか、言わないしね……」

そんな返事を大西敏子から聞いた翌日に、乃梨子からの手紙が届いた。

3　Letter from Hospital　①

「倉嶋　佑さま
連絡が遅くなりごめんなさい。突然の入院で驚いたことと思います。特に職場の皆さんには、郵便局にとって一年で一番忙しい年末年始の時期に、私事で休むことになってしまい本当に申しわけなく思っています。
さて、私の病気ですが、急性のそれも悪性の貧血だそうです。……本当に、青天の霹靂《へきれき》とはこういうことを言うのですね。

正式な病名は、『再生不良性貧血』というそうで、かなりの難病だそうです。最初は誤診だと思いました。でも、結果的にみると市民病院で血液検査を受ける前に、佑さんと行った献血センターのことを、診療前の調査票に書いておいたのが良かったかもしれません。でないと、もっと診断が遅くなっていたかも知れません。

担当の医師から『すぐに伊勢の医療センターで詳しい検査を受けて下さい！』と紹介状が出されて、その日に伊勢市にある専門医療センターに直行することになってしまいました。

センターでは血液検査はもちろんのこと、とにかく様々な検査をされました。中でも大変だったのは、骨に直接針を刺し血液を採取する検査。それも腰の骨。献血とは訳が違いますよ。想像してみて。腰骨に直接針を入れるんですよ。

一応麻酔はしていましたが、とくに、針を抜く時の激痛！……検査が終わり担当医師から、『まだ正式な検査結果は出ていないのですが、しばらく入院治療が必要です。ご家族が来てから説明します』……。センターから家族に連絡を取ってもらい、両親と妹の三人が揃ったのが午後六時頃でした。それまでの心細いこと。一応、か弱き乙女ですから（笑い）。ちょうど家族が揃った頃に、骨髄から採取した血液の検査結果も出て、『再生不良性貧血』と診断されてしまいました。職場に復帰できるようになるには半年くらいかかるかもしれません。はァ……。ここまで書いておいて、『心配しないでね』というのは無理な話ですよね。
ただ、私は、一応『元気』です。取り急ぎ連絡だけはと思い手紙を書きました。この話は、職場のみんなには内緒にしておいて下さいね。いずれ、局長さんから話があると思うので。

小松乃梨子

追伸　佑さんも私に手紙書いてね。郵便局の職員ですからletterですよ！　あと暗い話はなしです！（笑い）
乱文でごめんなさい。取り急ぎ連絡まで。

一九八九年十一月十五日　5階クリーンルームより　乃梨子」

本当に「青天の霹靂」とはこのことだ。「再生不良性貧血？」って一体どんな病気なんだろう？　まるで映画か、テレビドラマか何かのシナリオか？　思わず乃梨子の手紙を何度も読み返した。そして手紙が届いた週の非番日に、市営の図書館に行き医学書を開いた。医療に関しては、あたりまえだがまったくの素人である。ある程度理解できたのは『家庭で学べる医学』という家庭用の医学書で、そこには、『再生不良性貧血は骨髄《こつずい》にある血液細胞（造血幹細胞）が何らかの原因によって減るために、赤血球、白血球、血小板のすべての血球が減る病気です。』

と記されていた。

（白血病とは違うんだよな……）独りごとを言いながら、僕は確認するように「白血病」の項目を探し、少し安心した。ただ難病指定がされている病名である。『発病から治療を受けるまでの期間が短ければ短いほど改善する確率が高いことがわかっています。』との記載を見つけ、彼女と映画を見に行った際に献血をしたことが「不幸中の幸い」であったと改めて思った。

4　Letter from Hospital　②

「倉嶋　佑さま

早速にお手紙を戴き嬉しかったです。ありがとう。私もすぐに返信しようと思っていましたが、少し手紙を書くのが遅くなってしまいました。というのも、佑さんが、とても字が上手なのに驚いてしまいました。それで返事を書くのを躊躇してしまいました。と言うのは嘘ですが、『字が上手』というのは本当ですよ！

実は投与された薬の副作用か、何もする気がというよりも、とても気分が悪く、何もできない状態が続きました。

『オオサンショウウオ』のような状態で、ずーっとベッドに沈んでいました。変な喩えですか？　気持ち理解（ワカッテ）くれますでしょうか⁉　とにかく、二、三日は酷い状態が続きました。しばらくペンを持つ気になれずにいましたが、ようやく手紙を書くことができるようになりました。とりあえず、現在の私の近況を報告します。要領の得ない文面は勘弁して下さい。

先ず、『再生不良性貧血』というのは、造血幹細胞の減少で起こるらしいのです。文字通り、血液を作る細胞が減少することにより発病するということです。

治療法のひとつとしては、佑さんも聞いたことがあると思いますが、『骨髄移植』だそうです。この治療法はドナーが必要で条件がそろわないとできません。ですから、いま私が受けているのは化学療法です。要するに薬の投薬による治療法です。『免疫抑制療法』と言うらしいです。

一先ず、私の治療の様子です。点滴による投薬が一週間ほど続いた為の副作用なのでしょうか。しばらく気分が沈んでしまい、何かをする気力も起こりませんでした。

その鬱々とした状態からようやく脱出しました。

話は変わりますが、佑さんの手紙での『恋人たちの予感』の話です。あなたは『男女間に友情の成立は難しいと思う』と書いていましたね。例えば、男二人と女一人の三人の場合は確かに、男性と女性がカップルになる可能性はありますし、蓋然性も高いと思います。まして二組の夫婦である場合などは、夫か妻の一方の嫉妬などで夫婦関係が壊れることも考えられますね。そうなることが予見されると、男女はお互いに友情から距離を置くようになるのかもしれません。でも、男女間で友情が成立するって素敵だと思いません！

明日はクリスマス・イブです。メグ・ライアンにビリー・クリスタルが告白するシーンもクリスマスでしたよね。確か!?　大晦日!?　……でしたっけ？　ちがいました？

一九八九年十二月二十三日　　　　オオサンショウウオ・乃梨子より

PS，よいお年をお迎えください。」

小松乃梨子からの二通目の手紙が届いたのは、十二月二十五日のクリスマスであった。ビリー・クリスタルがメグ・ライアンに告白するのは大晦日の夜。「Ｈａｐｐｙ　Ｎｅｗ　Ｙｅａｒ」になる直前である。あの時、「Ｎｅｗ　Ｙｅａｒ」を迎える乃梨子の気持ちはどうだったのだろう。彼女からの手紙を、今では読み返すことは叶わないが、僕が乃梨子に宛てた手紙の中で、『恋人たちの予感』のビリー・クリスタルがメグ・ライアンに向かって言った言葉を引用し、やはり、「男女間に友情の成立は難しい」と書き綴ったことは記憶に残っている。

5　Letter from Hospital　③

「倉嶋　佑さま
あけましておめでとうございます。
と言っても、松の内をずいぶんと過ぎてしまいました。ごめんなさい。
佑さんも年賀で大変だったと思います。『十二月の二十日からは一月四日に休んだだけで、ほぼ二週間は土日も出勤だった』とのこと。本当にご苦労様でした。また手紙にあったように、四日の休みにはお風呂の中で沈みそうになるくらいに疲労困憊だった様子。私が元気であれば何か差し入れでもできたのにと思ってしまいます。

ところで、私はというと輸血をしながらの投薬治療をおこなっています。相変わらず点滴を受けた翌日は気分がすぐれず、気持ちが沈みがちになります。ですから何とか日々の楽しみを見つけなければと思っています。何かアイデアがあれば教えて下さい。例えば、『バードウォッチングなんてどうかな⁉』病室の窓から多くの木々が見えます。そこに集う鳥を観察するとか？　結構いいと思いませんか？

一九九〇年一月十四日　　バードウォッチングに興味深々な乃梨子より

PS，書き忘れました。私たちが観た『スター・アドベンチャー』は、本当はⅠではなく『エピソードⅣ』なんですね。最近読んだ雑誌で知りました。つまり私たちが観たのは『エピソードⅣ、Ⅴ、Ⅵ』の三部作ということですね。

ヒロインのレイラ姫と騎士のウォーカーのキス、恋人になるかと思っていたのに……。」

手紙の追伸に書かれていたように、僕らが四日市駅前の映画館で観た「スター・アドベンチャー」は、後に「オリジナル・トリロジー」と呼ばれるようになる。当時は二人ともこの映画のシリーズは三部作で終了すると思っていたし、映画の登場人物に関してはレイラ姫をめぐる騎士のウォーカーと宇宙海賊のキャプテン・ソロの関係も物語を面白くしていた。
僕は乃梨子からの手紙を読み、レイラ姫が思い人のキャプテン・ソロを前にして、「Well, I guess you don't know everything about women yet.」

（女性のことが何もわかっていないのね）

と、騎士のウォーカーにキスをした場面を思い出した。まるでそのシーンは、二人で映画を観た帰りに彼女が僕にした突然のキスを連想させた。ただそこには、乃梨子が本来言うべき相手である彼女のキャプテン・ソロはいなかったのだが。

6　Letter from Hospital ④

「倉嶋　佑さま

お礼が遅くなり、ごめんなさい。「オペラグラス」を送って下さり有難うございます！

ゆうパックが届いたので、思わず何が届いたのだろうと思って開けてみたらオペラグラスでした。バードウォッチングのこと忘れないでいてくれたんですね！　届いた翌日から早速、（バードウォッチングを始めました！）と言いたいところなのですが、またも薬の副作用で、調子が優れず返事も遅くなってしまいました。今日、ようやくオペラグラスを覗くことができました。病室の窓から、左右に走る電線と折り重なるように立ち並ぶ木々の間に、見え隠れする野鳥を見つけました。ちょっと、大晦日の歌合戦の「野鳥の会」の人たちを連想させます。でも送って頂いたオペラグラスが、コンパクトでお洒落な折畳み式なので、看護婦さんたちにも（覗き見が趣味か⁉）と怪しまれずにすみそうです。（笑い）

しばらく木々を見ていたら、スズメのようなお腹がオレンジ色の鳥を見つけました！　鳥の名前が分からないので「野鳥図鑑」が必要なようです。もし、鳥の名前を知っているなら次の手紙にでも書いてください。

気分の良い時は、手紙など文章を書いていると気が紛れます。佑さんには、とても申し訳ないと思っていますが、病のかわいそうな乙女（図々しい！）が一人いると思って付き合って下さい。

一九九〇年一月末日　　　バードウォッチャー乃梨子」

彼女の手紙にあった「スズメに似たお腹がオレンジ色の鳥」を早々に、市営図書館の野鳥図鑑で調べてみた。そうすると、これではないかと思われる鳥が掲載されていた。

「ジョウビタキ」という渡り鳥である。日本に越冬してくるらしい。

「スズメ目ヒタキ科で、スズメよりもやや小ぶりでオスの頭部は銀色で胸から腹部は鮮やかなオレンジ色」とある。小鳥は群れを成すが、ジョウビタキは一匹オオカミ⁉で単独行動する鳥だそうである。乃梨子の手紙にあったのは、この野鳥なのではと思い返信した。ちなみに「オペラグラス」とは、遠くの席からオペラを観賞するための双眼鏡のことで、当時はコンパクトな折畳みが多く出回っていた。

僕は二月の第二日曜日に、思い切って「伊勢・医療センター」に乃梨子を見舞うことにした。しかし残念なことに、彼女はクリーンルームに入っていて面会はできなかった。

あらかじめ、面会できないことも想定していたので彼女宛ての手紙を準備してきていた。五階にある「血液内科」のナース詰所に向かい、駅前の書店で購入した野鳥図鑑とその手紙を一緒にして乃梨子宛てにお願いをした。

「倉嶋　佑さま

先日、お会いできなくて、とても、とても残念でした。わざわざ来て下さり有難う。(涙)。頂いたお手紙と「野鳥図鑑」を見て涙が零れました。この年になって気づくのも変ですが、――男女間の友情って存在するかもしれない――と思い始めています。有難う。

ところで、私の日課は病室のベッドが窓際でとても明るいので、多くの時間を読書をして過ごしています。後は友人や知人に手紙を書くことですが、先日、東海新聞の『日々の作文』に、自らの闘病生活の様子を投稿してみました。題名は『籠の中のバードウォッチング』です。病院生活とバードウォッチングのことを書きました。題名は結構イケてると思うのですが。(自画自賛）掲載されると嬉しいのですが。

一九九〇年　二月二十日　　籠の中の乃梨子

PS，最近、気になっているのが、村上春樹の新刊『ノルウェイの森』です。とても切ない恋愛とそれに関わる男女の物語だそうです。佑さんは村上春樹を好きでしたよね。読んでいれば、是非感想を聞かせて下さい。タイトルの『ノルウェイの森』って、ビートルズの曲ですよね。どんな感じの曲？

乃梨子」

乃梨子からの手紙で、急いで『ノルウェイの森』を近くの書店に注文した。僕が村上春樹の本に出合ったのは、一九八二年に文庫化された『風の歌を聴け』であった。ようやく大学生になった頃で、大学の同級生の中に村上作品の信奉者がいて、強く勧められたからである。その彼曰く、村上春樹の作品に登場する主人公は、「なんだか君に似ている。……気がする」と言われて読む気になった。

彼の作品の主人公の「僕」は、いずれも自分は「普通」だと主張する。彼らに共通しているのは、自己の考え方がしっかりとあり、譲れない部分を持っている。が、「周りがそういうなら……まあ、それでいいか……」という性格であること。そして、なぜかとても女性にモテる。さらに、主人公の「僕」は、クラッシックやジャズが好きで、アメリカ人作家の作品を読んでいる。このシチュエーションだけでも、とても普通の学生や若者とは思えない。ましてパスタなどを上手に料理し、一人で昼食をする若い男はいないと思うが。

僕は、司馬遼太郎の『坂の上の雲』や池波正太郎の『剣客商売』などの時代小説が好きで、パスタよりも蕎麦を啜る音にそそられる人間だ。ただ村上春樹の作品だけは、新刊が発表されると必ず読んでいた。不思議に惹かれてしまうのである。

「小説はとても重い話です。そして、ビートルズの『ノルウェイの森』とはあまり結びつきません。どうして、タイトルが『ノルウェイの森』なんだろう？　ビートルズの『ノルウェイの森』はとても軽いノリの曲ですから」と乃梨子への手紙にそう書いた。ただ、「本のタイトルとしては、とても上手い！　と思う」ということと、「内容については特に良いという感じはなかった。あまりおススメはしない」という添え書きをした。

——これまでの村上作品は、「僕はとても普通だ」と思っている主人公と、でもそうではないことを知っている読者が、主人公の「僕」を取り巻く不確かな世界とそこで起こる出来事を「何となく共感」し、楽しむのだと思う。しかし『ノルウェイの森』には、これまでの村上作品に抱くことのなかったリアルな「性と死」を僕は感じていた。主人公の僕（ワタナベ）と、彼女との切ない恋愛関係と、彼女の死による別れの物語である。——

さすがに、この小説を病気療養中の乃梨子に薦めることは躊躇われた。

8 Submission to Newspaper　日々の作文

乃梨子が投稿した文章が六月十一日の東海新聞の『日々の作文』に掲載された。乃梨子の入院生活も半年を過ぎていた。そして月に二度のペースで届く、彼女からの手紙も十通を超えていた。

東海新聞　1990.6.11
日々の作文
「窓辺での読書。これが、今の私の『くらし』の中心である。血液の病いでの入院生活も半年が過ぎようとしている。時折、部屋から見える中庭と遠くの空を眺めては、目の疲れを癒す毎日である。
入院生活が一か月を過ぎた頃、中庭で一羽の野鳥を見つけた。友人に宛てた手紙にそのことを書くと、早々に『オペラグラス』が送られてきた。その後、入院先に『野鳥図鑑』を届けてくれた。無菌室での『籠の鳥』である私の『バードウォッチャー』

デビューである。

四月に入ると、草むらから可愛いひな鳥が二羽確認できた。（へぇーっ。子どもが生まれたんだ。）そう思うと、毎日の観察が楽しみになった。観察を続けて数日後のことである。ひな鳥の一羽が、庭にある塀の上にいるではないか。大丈夫かなア……。心配で親鳥の姿を探したがどこにも見えない。その瞬間である。突然カラスが舞い降り、ひな鳥を咥えて飛び去った。慌てて親鳥が追いかける。残念ながら、無菌室の私の声は届かない。その日の夕方、もう一羽のひなが塀の上にいるのを発見した。また、カラスに！　そう思った瞬間である。そのひな鳥が飛びあがった。おぼつかない飛行であったが、記念すべき初飛行だ。（やったあ〜!!）私の喜びの声はここから届いたかな。

自然の厳しさと、感動の瞬間を体験した一日。そして、『生きる力』をもらった一日でもあった。やがて、あの『ひな鳥』も巣立っていくだろう。私も一日も早く、この籠から巣立てることを目指し頑張ろう！」

作文が掲載されてすぐに、乃梨子は名古屋市にある医療センターに転院した。病状が悪化したためではなく、血液内科では「名古屋医療センター」は日本でもトップクラスの病院であり、専門の研究室があった。そのため、彼女のような難病の血液治療には最適であった。加えて、彼女の妹が名古屋市内に勤めていたこともあり、家族にとっても名古屋の方がより利便性が高かった。乃梨子本人の希望というよりは、むしろ両親の意向が強く働いたようである。このような乃梨子の状況の変化をみて、僕はある考えを実行に移す決心をした。風に揺れる立葵の花が、麦雨から梅雨への季節の変化を感じさせる頃であった。

Ⅶ　トロイメライ「Träumerei」一九九〇　初夏

1

目の前にある三角屋根の建物は、幼い頃に遊んだ積み木を連想させた。その建物は、名古屋の平和公園から徒歩で一〇分ほどの閑静な住宅地の中にあった。

三角と四角の積み木を重ね合わせたようなその建物は、店舗というよりは倉庫に近い気がする。正面にはしっかりとした木枠の重厚な、ガラス張りの大きなドアがある。ドアは観音開きである。ドアと一体感を持たせ、ドアよりも少し大きめのショーウインドウがあり、そのことで初めて、家具を扱っている店舗であることがわかった。

外観の壁は、コンクリートによる打ち放しである。正面ドアの上部には、均等に並んだ一メートルほどの正方形のガラス窓が三カ所、コンクリートの壁に埋め込まれている。この明り取りの窓がショーウインドウに並べられた家具の印象に、とても良い効果を与えていることが後で分かった。とてもシンプルで無駄のない設計に思える。建物の前は駐車スペースになっていて、大型の乗用車が三台は停められる広さが確保されている。僕が尋ねた日は、ドイツの4AU（Four Auto Union）の赤いクーペと白い大型のセダンが二台駐車していた。

重厚な木枠のガラスドアにある鉄製の把手を引き中に入ると、外観から想像できない家具のショールーム・スペースが設けられていた。ほとんどがヨーロッパ、それも北欧のアンティーク、もしくはビンテージ家具のように思える。テーブルと椅子、ソファが中心であるようだ。中でも椅子を多く取り扱っているようで、雑誌などで目にしたことのある椅子が幾つか展示されていた。アンティークやビンテージ家具だけを、これだけ集めて展示している個人の店舗は珍しい。大手の家具メーカーでも、北欧の家具を中心に扱っている店はあまりない。ましてや、ヨーロッパの中古家具である。店のオーナーの拘りに、いや、あるいは思い入れと言うべきであろうか。そのような思いで集められたであろう家具の存在感に、僕は思わずため息がでた。その家具の中に柳宗理の『バタフライ・スツール』があった。さらに北欧のビンテージテーブルには、これも柳宗理のデザインしたフォークやスプーンといった、キッチン・カラトリーも並べられている。その空間の佇まいに、僕はまだ会ってもいない店のオーナーに、昔の知人を訪ねたような懐かしい親近感を、一方的に感じ始めていた。

店舗に入ると、初老の二人の男女に説明をしている三十代の男性とその横に付き添っているショート・ヘアの女性が目に入った。初老の男女は夫婦であろうか、とても品の良い身なりをしている。

「こんにちは」僕は思い切って声を掛けた。僕の声に振り向いた三十代の男性が、横にいたショートカットの女性に目配せをするのがわかった。

「いらっしゃいませ」

明るくよく透る声である。彼女は足早に近づくと、僕に笑顔を見せた。遠目でも、かなりの美人ではないかとの感じを抱いたが、やはり、とてもキュートで歯並びの綺麗な女性であった。歳は二十代の前半であろうか。メタルボタンが印象的な紺のブレザーに、赤のギンガムチェックのBDシャツと白のスカートが、清潔な印象を与える。思ったよりも身長が高い。茶色い低めのヒールのパンプスを履いているのは、そのせいかもしれない。などと勝手に想像した。

「電話で連絡させてもらった倉嶋です」

彼女にそう挨拶すると、

「社長から伺っています。ただ今、社長はあちらのご夫婦に家具の説明をしております。少しお待ちいただけますでしょうか？　よろしければ、店内をご案内しますが」

僕は彼女のファッションセンスに惹かれ、案内をお願いした。家具の話は、できればオーナーとゆっくりとしたいと思っていた。

彼女は、最初に店の特徴を話し始めた。社長の拘りで、ヨーロッパ家具のビンテージ物を中心に販売していること。特にドイツ家具、北欧インテリアのノルウェイやフィンランド、スウェーデン家具も多く扱っている。さらに天童や仮谷などといった国内メーカーなども扱っていて、インテリアとしての小物類などにも力を入れているとのことである。最後に店の名前について話してくれた。

「店の名前は『Träumerei』トロイメライ。ドイツ語で『夢』という意味です」

入り口のドアの上に楕円形の大きな木製の看板が掛かっていた。そこにカービングで文字が彫られていたが、英語ではないことは理解していた。

「トロイメライと読むんですね。最初は英語かなと思ったんですが、読めなくて」

「ドイツ語でトロイメライと言うと、ひょっとして、シューマンのトロイメライから？」

俄か知識のクラッシック音楽の題名を、咄嗟に思い出して彼女に質問してみた。彼女も店の名前が、ロベルト・シューマンのピアノ曲から採っていることは聞いているが、

「由来については、社長本人に聞いてみてください」

との返事が返ってきた。

僕は入店以来、ずっと気になっていたことを彼女に聞いてみた。

「とても素敵なブレザーですね。それにギンガムチェックのＢＤシャツと白のスカート、アイビーですね。それともトラッドと呼んだ方がいいですかね」

彼女は大きな瞳を更に大きくして、嬉しそうに笑った。

「家具を見に来た方で、服装のことを褒められたのは初めてです。私もアイビーは好きですけど、大抵は社長のファッションに合わせて選んでいます。あくまで職場用です」

幾つかの有名なデザイナーによる椅子が並べられている側で、彼女と取留めのない話をしていると、老夫婦との商談が済んだのか、オーナーで、社長であろう男性が彼女に声を掛けてきた。更には僕たちの話でも聞いていたかのように、

「貴方もトラッド、お好きなんですか？」

彼は微笑みながら、彼女の隣に立っていた。

僕と同じくらいの身長であろうか。175センチ程の少し細身の身体に、彼女と同様の紺のブレザーと生成りのチノパンツを穿いている。インナーのオックスフォードシャツはブルー。ネクタイは、赤地に金と紺のレジメンタイである。もちろん、靴は茶色のタッセル。真にアイビーの王道の出で立ちである。彼は、僕を見るとすぐに、

「『TARO』のシャツですね。よい色だ。パンツも?」そう尋ねられた。

今日の僕は、最もお気に入りのタータンチェックのシャツと、ネイビーのチノパンそして、靴は、三年ほど前に京都の河原町にある専門ショップで買ったコイン・ローファーを履いてきていた。一張羅である。自分の洋服の中では、スーツも含め最も高価なカジュアル服であった。

「『TARO』のデザインのコンセプト、僕も好きですね。あっ、申し遅れました、わたくし、この『Träumerei』のオーナー兼社長の笹森信介《ささもりしんすけ》です。お電話頂いた倉嶋様ですね」

笹森はそう言うと、奥にある商談用のスペースに案内してくれた。促されて座った椅子は、背の部分にくびれが入った特徴のあるデザインで、背と座面は一体の成型合板で足はスチールパイプでできている。座ってみると、思ったよりも合板カーブがお尻にフィットしてくる。

「テーブルは、ドイツの『アンティーク』です。ご存じかも知れませんが、『アンティーク』と呼ばれる品は、製作されて一〇〇年以上経ったものです。それ以外は、『ビンテージ』です。私どもの商品は、ほとんどが『ビンテージ』です。いわゆる、中古品です。ただ、とても大事に使われてきた品を買い付けて販売しています。お座り戴いている椅子は、一九七二年に制作された、『アントチェア』そして、私が座っているのが、一九六五年の『セブンチェア』です。どこかで見たことがあると思いますが」

「ええ。前に勤めていた会社に在りました。合板の物ではなく、樹脂の物で、デザインを真似しただけの物かも知れませんが。確か『ヤコブセン』のデザインですよね」

僕は知る限りの情報を動員して、彼の話についていこうと思っていた。理由は、乃梨子のために、(彼の至要がこの店舗に並ぶ家具だけにあるのか?)を知りたかったからだ。

2

笹森信介は、自らが扱っている家具や雑貨の説明をした。彼が何故、北欧デザインの家具を中心に扱っているのかは、一九三〇年代にドイツの「バウハウスデザイン」が、ノルウェイにも押し寄せ、著しく発展したところから始まった。僕の期待通り、『Norwegian Wood〈邦題：ノルウェイの森〉』ビートルズの曲にも言及し、

「ビートルズの『ノルウェイの森』は、繊細なメロディーとは逆に歌詞は正反対です。曲は幻想的なノルウェイの森をイメージさせるのに、歌詞はある女の子の部屋に行ったら、ノルウェイ家具などのインテリアで囲まれた部屋で、結局僕はバスルームで寝たので、その子とは何にもなかったんだ。というような内容ですね。邦題は『ノルウェイの家具か木材』と訳した方が正しいと思います。歌詞にあるように、一九六〇年代は、イギリスにノルウェイから多くの家具や木材が流通していました。確かビートルズの曲のリリースは、一九六五年だったと思います」

笹森はこのように解説をした。さらに、

「私がノルウェイデザインが好きなのは、機能性が最優先で、審美的な表現にあまり重きを置いていない点です。それが『柳宗悦』が提唱した民藝運動に通ずるところがあると思っています。そこに、素朴で控えめなかわいらしさがあると思うのです」

と彼は続けた。

ノルウェイが他の北欧、いわゆるデンマークやスウェーデンやフィンランドといっ

た北欧デザインに比べ目立たないのは、それまで農業国として貧しい国であったノルウェイで、一九七〇年代に北海油田が発掘された。それにより一気にエネルギー輸出大国になった。ノルウェイは結果、デザインにおいての競争による国力の優位性を保つ必要が無くなった。その為、近隣のデンマークやスウェーデンといった北欧諸国との間に、デザインでの格差が生まれることとなった。

「ただ、経済の発展だけではない、デザインよりも機能性を重視するノルウェイ人の国民性も大きく影響していると思います」

そのように笹森は理由を語り、北欧デザインの中でも、ノルウェイインテリアが一番好みであることなどを一気に語った。それは、説明した。というよりも、「熱く語った」という言い方が正しいように思われた。そのことに笹森自身も気が付いたのか、整髪料でショートバックに整えられた髪を、手で撫でつけながら、

「私ばかり一方的に喋って申し訳ない。ついつい熱が入ってしまって」

と言うと、

「何かお気に入りの家具とか探し物は、お有りになるのですか?」

と僕に向かって尋ねた。

3

トロイメライ「Träumerei」のオーナー兼社長である笹森信介との会話は、北欧デザインから始まり、その後、民藝運動。そして、益子焼を中心とした「やきもの」、さらには『ブルーノ・タウト』と坂口安吾の『日本論』についてまで多岐に亘るものとなった。そのほとんどは、僕の知っている知識や事柄を、笹森に投げて笹森が答えるというものであった。気が付くと、時計は一四時半を少し回っている。僕が店を訪ねたのが、一三時であったので、二人の会話は一時間三〇分ほどに及んでいた。僕は潮時を感じて、商談を申し入れた。

「僕が最初にスタッフの彼女と話していた側に、『Scandia chair』(スキャンディア・チェアー)がありましたね。あの椅子の値段は如何ほどですか?」

僕の問いに笹森は肯きながら、

「わが意を得たりというところでしょうか。『ハンス・ブラットルゥ』のデザインしたスキャンディア・チェアーのJr、いわゆる、ダイニング用で六万五千円です。ハイバックのラウンジチェアーだと二五万円ほどです。一九七〇年に製造元の『Hove mobler』

が生産を中止したため、すべてビンテージ品ということになります。特にハイバックのラウンジチェアーは人気があるため、入荷するとすぐ売れてしまいます」

彼の言葉に、現在の僕の懐具合では、正直なところスキャンディア・チェアーのＪｒを、購入するのが精いっぱいであった。

購入手続きする前に、座り心地を確認したいと申し出た。商談コーナーを出ると、椅子の展示されている場所に戻り、徐にスキャンディア・チェアーＪｒに腰を下ろした。本題を切り出すためにも、ここは（清水の舞台から飛び降りねば）と覚悟を決めて座り心地を確認していると、最初に対応してくれた女性スタッフが側に来ていた。

「ありがとうございます。ご購入を決めて戴いたようですね。随分と社長と話が弾んでいたようですね。あのように熱心に身振りに手振りを交えて話す社長を、久しぶりに見ました」

座っている僕の目線まで膝を折り、ショートの髪をかき上げる彼女の耳がとても綺麗で思わず見入ってしまった。（村上春樹の「僕」か⁉）自分自身に突っ込みを入れながら
「あのう……唐突な質問ですが、笹森社長さんは、ご結婚はされているのですか？もしかして、貴方が奥様とか？」

と最も聞いてみたかったことを、思い切って彼女に尋ねてみた。彼女は、最初に見せたように大きな瞳をさらに大きくして、

「そんな風に見えます⁉　ウフフ。そうだといいんですけど。残念ながら、社長は独身です。ちなみに、私も独身ですよ」

笑いながら、そう答えてくれた。その回答に僕は思わず小さくガッツポーズをした。

人間の背中とお尻を模った細い積層材がストライプ状に並べられた椅子。その椅子の購入手続きをするために、彼女の笑顔に促されながら、入り口の案内カウンター奥にある場所に移動した。案内されたテーブル席の椅子も、金属パイプを漢字の己のような形状にしたカンチレバーチェアーであった。腰を下ろすと急に思い出した。

――誰かに似ていると、ずっと気になっていたんだが。ＴＶの「ロン・バケ」に出てきたショート・ヘアの「葉山南」だ――

僕は独りで嬉しくなり、カウンターの向こうにいる彼女を見た。店を訪れてから、胸に痞《つか》えていたモヤモヤがスッキリして、ショート・ヘアの「葉山南」に声を掛けた。そして自らの行動を、次に移すことを決心した。

4

「折り入ってお話とは何でしょうか？」

打ち解けた様子での笹森信介の問いかけに、僕はこの店を訪ねた経緯と理由を話しだした。

「笹森さん、実は、僕は小松乃梨子さんの同僚です。彼女とは縁があり、親しくさせて戴いていますが、彼女から貴方のことは断片的ではありますが聞いていました。それでどうしてもお会いしなくてはと思い、訪ねてきました」

笹森が町工場の鉄工所の三代目であること。彼が大学の在学中に父親が亡くなり、卒業と同時に後を継いだこと。そして、二年程前に鉄工所を閉め、その後この店を始めたことなど、僕が乃梨子から聞いて知っている情報を、なるべく順を追って話した。さらに、彼の店である「Träumerei」を訪ねるために、閉めた鉄工所の住所を訪ね、近所の食堂の店主に「笹森の店」のことを教えてもらい、連絡をしたことなどを伝えた。

それまで神妙な面持ちで聞いていた笹森が口を開いた。

「乃梨子、いや小松さんは元気ですか？……何かあったのですか？」

そう言う彼に対し、

「今日初めてお会いして、お話をさせて戴きましたが、乃梨子さんは僕のことを『何となく彼と似ている』と言いました。僕のような背骨がしっかりとしない人間と、貴方を比べるのは失礼ですが、話をしていて物の好みというか……似ているのではと感じました」

僕は乃梨子の笹森に対する想いを伝えることも、彼女を「見舞って欲しい」ということも、言葉にすることを躊躇った。思わず出そうになる言葉と感情を何とか押し込み、努めて淡々と、乃梨子が難病に罹患していることを笹森に伝えた。加えて、手紙によって知り得た乃梨子のこれまでの経過と情報を説明し、現在は「名古屋医療センター」に入院して治療に専念していることを告げた。話の終わりに、持参したクリアーファイルをカバンから取り出して彼に手渡した。ファイルには、東海新聞に掲載された乃梨子の『日々の作文』の記事の切り抜きが挟み込まれていた。

笹森は、僕が差し出したファイルを、何も言わずに受け取ると、切り抜き記事の文面の文字を追っている。その時の笹森の食い入るように見つめる瞳と、少し碧海がかった類の表情から、笹森が乃梨子を訪ねてくれることを感じていた。彼の言質を確認したわけでもない。何の根拠もなかったが、ただそう感じていた。

「話はそれだけです。お時間を戴き有難う御座いました。『スキャンディア・チェアー』が届くのを楽しみにしています。支払いは分割にして戴きました。スタッフの彼女によろしくお伝えください。ところで彼女『ロン・バケ』の女優さんに似てませんか？」

笹森との会話を、なるべく明るくして終わらせたいとの思いで少し軽口になった。そんな僕の言葉に、撮影現場の「カット！」の声が聞こえた映画のスタッフでもあるかのように、笹森の表情に安堵感が漂うのが分かった。

「ああ。藤川のことですか。ハハハ。実は私も、彼女が誰かに似てると思ってたんですよ。ああ、なるほど、あのショートカットの！　本人に言ったことはありませんが。貴方もそう思いましたか」

笹森によれば、彼女の名前は藤川恵美子。二十六歳で独身。恋人がいるかどうかは分からない。兎に角、彼も彼女のショートの髪をかき上げる時の「耳」がとても綺麗で印象的だという僕の意見に賛同してくれた。

「村上春樹の『ノルウェイの森』は読みましたか？」

僕は最後に笹森に尋ねてみた。すると彼は、

「まだ、読んでません。でも、『羊をめぐる冒険』は読んでますよ！」

笑いながらすぐに返事が返ってきた。そうして
「ありがとう……」

と、彼の手が優しく目の前に差し出された。

「『Träumerei』はその名の通り私の『夢』そのものなのです」

笹森の言葉と目の前の彼の細くて長い指がピアニストを連想させた。

（成程！　然《さ》もありなん。か……）

店の名前と彼が初めて結び付いた瞬間であった。しかし、この綺麗な手で
（どうして町工場を継ぐ気になったんだろう……）

僕はそんなことを思いながら、笹森の手を柔らかく握り返した。

Ⅷ　STRENGTH　一九九一　夏から秋へ

1

トロイメライ「Träumerei」を訪ねてからの僕は、結構忙しい日々を過ごしていた。郵便局の仕事も三年を過ぎ、配達地区の住民とも随分と顔見知りになってきた頃である。

昨年の年末に、「正社員の試験を受けてみないか?」という古山局長からの打診があった。

一九八九年の暮れは、小松乃梨子の闘病生活から始まり、翌年の初夏にはトロイメライ「Träumerei」を訪ねたことで、僕は自身の気持ちの揺れに白黒をつけることを決めた。その手始めとして古山局長から打診のあった、秋に実施される郵政採用試験を受験することにしたのである。当時、郵便局の職員は国家公務員であり、郵政省の実施する試験を受験する必要があった。ただ、秋に実施される郵政職員の試験には、受験年齢資格の制限により、僕は外務職員採用試験しか受験ができなかった。それを承知で郵便局の外務職員を一生の仕事にする決心をした。この様に自らの気持ちを固めるに至ったのは、南牟婁郵便局での先輩たちとの良好な人間関係も要因の一つではあったが、ある時何気なく先輩の芝山に聞いた次のような会話も影響していた。

「久保さんは、古山局長をとても尊敬しているというか、慕っているようですね」

「倉ちゃんの言う通りや」

芝山によると、久保と古山局長は若い頃、名古屋の普通郵便局で一緒に働いていた。その郵便局で事件が起こった。二人がいた郵便局の担当地区にある新興住宅地に新しくポストが設置された。そのポストの回収について、当時、内務主任であった久保と、外務の収集担当との間で行き違いがあり、新設のポストの郵便物が一週間近く回収されなかった。

「ちょっと考えられんことやけど……局にとっては大ごとや！　郵便課長はその責任を久保さんに押し付けたそうなんや。その時に、当時総務課の課長代理だった古山局長が、久保さんと一緒に、そのポストに投函したお客様宅を一軒一軒訪問して、頭を下げて回ってくれたらしい」

芝山は久保から直接聞いた話であると前置きをし、

「あの時の古山局長には感謝してもしきれん。お客様は激怒してすごかった。そらそうだわな。一週間近く郵便物がポストの中に放置されてたんだから。外務の担当者は『俺は聞いていない』の一点張りや」

「結局、内務主任の久保さんが外務担当にちゃんと伝えてなかったということになった。『古山局長は俺と一緒に頭を下げて回ってくれた。土下座してくれたところもあったよ。』郵便局に戻ってきたら夜の十二時を回っていた。その時、郵便課長は既に家に帰っていなかったらしい……」

「久保さんは、『もし、局長に何かあったら今度は俺が盾にならなアあかん』そう言うとったよ」

芝山はそう言って、久保の言葉で締めくくった。

南牟婁郵便局の職員は、古山局長を信頼し、慕ってもいる。それは古山局長の「人としての情」に対する職員の共感である。これが僕の一方的な思い込みではないことを、芝山の話を聞きながら感じていた。

――「信じる」とは人が獲得する能力というよりも、もっと本能的なものなのかも知れない――

それともう一つ、僕がこれまで勤めてきた職場とは明らかに違う点があった。それは、このような田舎町の小さな郵便局の職員にも「公的な精神性」が強く流れているということであった。

「郵便局の存在を、わかりやすく表現するならば、百十五年以上にわたる『信頼』と全国津々浦々に張り巡らされた『ネットワーク』である」僕の採用時に、古山局長が開口一番、郵便局について話したことが強く印象に残っていた。さらに、明治四年に『前島密』により創設された郵便制度は、地域の名士と称される人々の無償の協力により設立された。この経緯を作家の司馬遼太郎は『この国のかたち（二）』の中での郵便制度に言及して、次のように述べていると古山は文章を抜粋し音読した。

「『十八、九世紀の近代国家の設備としての条件は、大学と鉄道と郵便制度だろう。（中略）以下は、郵便制度の話である。明治政府は、維新後わずか四年で、手品のようにあざやかに制度を展開した。手品の種は、全国の名主（庄屋）のしかるべきものに特定郵便局（当時は郵便取扱所）をやらせたことによる。』」

と、自ら纏めたレジメを僕に示した。そして最後に、

『名主（庄屋）というのは、江戸期でもっとも公共精神のつよかった層なのである』」

という司馬の文章を取り上げ、特定郵便局の性質とその成り立ちの精神を語った。

2

トロイメライ「Träumerei」から「Scandia chair」が僕の元に届いてから半年ほど経った、穏やかな暖かさが感じられる花人が集まる頃のことであった。南牟婁郵便局にとって大きな出来事があった。突然、古山局長の口から小松乃梨子の退職が告げられた。もちろん、南牟婁郵便局の職員にとっては「寝耳に水」の話であったろうが、僕は、何とはなしにそんな予感がしていた。

「小松さんの病気に関しては、皆も知っての通り、今年の二月に一応、『寛解』ということで退院をされました。現在は名古屋の妹さんのところから、定期的に通院治療をおこない、現在、体調も順調であるように聞いています。特に『名古屋の医療センター』に転院してからは、専門の先生と研究室があるとのことで寛解に至ったようです。ただ、寛解したとはいえ、今後も急激な体調変化への懸念は残ることと、彼女自身の仕事への責任感の強さもあって、『皆さんに迷惑をかけては……』との思いから、退職を申し出られました。僕としても留意をしたのですが、『どうしてもお願いします』という本人の意向で、申し出を受理することとしました」

古山局長は、久保局長代理を筆頭に夕礼の場に並んでいる職員に向かい、理解するようにとの思いも込めて静かに頷いた。

僕は父の部屋に置いた「Scandia chair」に腰掛け、小松乃梨子から届いた手紙を読み直していた。その手紙が届いたのはトロイメライ「Träumerei」を訪ねてから一か月ほど経った、処暑《しょしょ》の非番日の午後であった。

「倉嶋佑さま　残暑お見舞い申し上げます。

いろいろとお世話になりました。そして、本当にありがとう。ところで、以前に、『男女の友情は成り立つのか？』というテーマで話したことがありましたね。貴方は難しいと言いましたが、私は成り立つと思っています。貴方と私のように。

彼が病院を訪ねてくれました。そして貴方が彼を訪ねてくれたことを聞きました。ノルウェイの椅子を買ってくれたそうですね。彼は、貴方に（余分なお金を使わせてしまったかな?)と申し訳なさそうでした。彼になり代わり、お礼申し上げます(笑)。
とにかく、私も『寛解』に向けて治療に専念します。取り急ぎお礼まで。
乱文乱筆にて失礼します。

小松乃梨子」

——男と女の間に友情は成立するのだろうか——僕には未だに分からない。ただ、彼女から届いた手紙は、彼女と僕の一つの終着点であった。
僕は、自らの額に彼女からの手紙を近づけ瞑目し祈った。小松乃梨子の病気の「寛解」が一日でも長く続きますようにと。
それと同時に映画の中で、ビリー・クリスタルがメグ・ライアンに言ったように、「And I love that you're the last person I want to talk to before I go to sleep at night.」(一日の終わりを過ごしたいのは君だ)
と彼が乃梨子に言ってくれることを。

3

郵政採用試験は、三重県会場として、津市のM大学内の教室で実施された。最寄りの駅に朝七時三〇分頃に到着した僕は、試験開始までにたっぷりと時間的余裕があることを確認して、途中にある古い喫茶店に入った。格子に摺りガラスのドアを開けると、カラン・カランという音とともに、カウンター越しに、

「いらっしゃいませ」

という初老の店主の落ち着いた声が響いた。店内には、土・日の朝は必ずこの店のモーニングで済ましていそうな、気軽な服装をした老人たちが数人雑談をしていた。

僕は窓際の二人掛けのテーブル席の椅子に腰を下ろした。

「へーぇ……」

思わず呟いた独り言が、周辺を巡る間に店内を見回し感心した。テーブルは丸テーブルで椅子は、「トーネットの曲木の椅子」である。奥の数人掛けのテーブルと椅子もなかなか渋い。奥の椅子は、おそらく「Kチェアー2シーター」と、「カフェチェアー」だろう。そう思いながら、側にあったマガジン・ラックに目をやると、まったく違った意味で驚いた。そのマガジン・ラックも「ミッドセンチュリー」と呼ばれるアメリカの七〇年代のマガジン・ラックであろうと思われたが、そこには『柔道部物語』という漫画が無造作に並べられていた。作者の『小林まこと』は、少年漫画誌に連載された『1・2の三四郎』で一躍有名になった漫画家である。僕は彼の『柔道部

物語』が大好きであった。一九八五年から連載が開始され一九九一年に終了した。この年の八月に全十一巻のヤングコミック版の最終巻が発売されていた。最終巻を読みたくて書店を探したが、見つけられずにいた。それが目の前のマガジン・ラックに並んでいる。モーニングを頼むと同時に、コミックの最終巻を手に取ると一気に読み出した。そして最終巻を読み終わり、店を出た時には、僕の顔は漫画の主人公のように「ひょっとこ顔」になっていたかもしれない。その日の試験は十分な手応えを感じ、僕にその後の決意を促してくれた。

――漫画と侮るなかれ。よい作品は人生に大きな影響を与える――

漫画の主人公の必殺技として描かれている「背負い投げ」は、翌年の一九九二年のバルセロナオリンピックで金メダルを獲得した柔道家K氏が、大学時代に出場した試合で見せた「片手背負い投げ」をヒントにしたという。が、さらに、この漫画を読んでいた柔道家のN選手（一九九六年のアトランタオリンピックで金メダルを獲得。以降三連覇）は、アトランタオリンピックの三回戦で、この「片手背負い投げ」で逆転勝ちをして金メダルに輝くのである。つまりこの漫画が彼を金メダルに導いた。これはあくまで後の話であるが……。

『柔道部物語』の最終巻が、何気なく入った喫茶店のマガジン・ラックに置かれていた。そしてこの作品の最終巻は、それまで足踏みを繰り返していた僕に、一歩を踏み出すようにと、不思議なほどの軽やかさで背中を押してくれたのである。

Ⅸ　京都衣笠　一九八二　春

1

風に浮遊する桜の花が頬を撫で、薄桃色の花びらが織りなす舗道を踏み歩くのが躊躇われる。そんな季節になると、きまって僕には思い出すことがあった。痛みと切なさとをともなった感傷ともいうべき「それ」は、トロイメライ「Träumerei」を訪ねて以来、一層強くなってきていた。

一九八二年の春。アパートから衣笠キャンパスへの通学にも慣れ始めた二年目の春学期である。僕は一般教養課程の必須科目で「生物」を取った。内容は生物と生態系である。生物・化学・物理の中から一科目が必須であった。化学はまだしも、物理は全く歯が立たない。選択肢は自ずと生物となった。取り敢えず、指定された教科書である『基礎生物学』を生協の購買部で注文した。そして、講義の日の午前中に生協に届いていた緑色の表紙の本を受け取りカバンに押し込むと、午後の一コマ目から始まる講義の教室へ向かった。

受講生は思ったより多い。おそらく受講の動機は文系なら、ほぼほぼ僕と同じだろう。そう思いながら出欠を確認する用紙を提出すると、教室の中ほどの席に着いた。隣には男子学生が一人と、前の席に三人の女子学生が席に着いていた。女子学生の三人は、友達同士ではないようでお互いに離れて座っている。

僕が座った前列の斜め右側席にいる女子学生が目に入った。薄いベージュのコットンのシャツから覗く襟足がとても白く印象的だ。ボブ・ヘアーのサイドを三つ編みし、カチューシャのようにアップにして形の良い耳の上にピン留めをしている。小学校のころの、三つ編みをした同級生の女の子を思い出した。

彼女の黒いピン留めを暫く見ていると、視線を感じたのか彼女が振り向いた。僕は咄嗟に白々しく目をそらしたが、それが彼女との「ファースト・コンタクト？」であった。以来、僕にとって極めて退屈になったはずの十五回ある講義が待ち遠しくなった。

二回目以降は、丁度彼女の姿を探せる時間（ほぼ二〇分前）に教室の後ろの席に座った。幸いに、一・二年生を対象とした教養課程は、大教室を使用していた。したがって後方席が高いスクール形式の教室である。そのため後方の席に座ると、教室に入ってくる学生の姿が一目瞭然であった。彼女は決まって、講義が始まる一〇分ほど前に教室に入ってきた。後ろから眺めていた僕は、不自然にならないように注意を払いながら、彼女の姿が視界に留まる席に移動した。まるでストーカー行為のようであるが、それが次第に僕の中では、大学での退屈な講義を乗り切る唯一の方法のように思えてきていた。

「名前を聞きたい」とか、「友達になりたい」などとは思いもせず、ただ眺めているだけで講義の退屈さを凌ぐことができた。いや誤解を恐れずに言うと、僕は彼女の仕草を通して、彼女を想像することを楽しんでいたというのが正しい。

（何だがそれの方が怪しい気もするが……）

兎に角、そんな僕の一方的な関係性は、五月の連休明けに大きく変化することになる。ちなみにこの頃は「ゴールデンウイーク」という言葉は定着していない。

2

連休が明けた第五回目の講義であった。この日も僕は、講義開始時間の二〇分ほど前に後方の席に座り、彼女が現れるのを待っていた。ただこの日は連休明けの影響であろうか学生の数はキャンパス内にも少なく、講義の受講生も少なかった。開始時間の五分前になっても彼女の姿は確認できなかった。僕は講義前の準備担当の大学スタッフの指示に従い、中央より幾分まえの空いている席に移動した。

スタッフによる出席カードの回収が終わろうとする頃、彼女が教室に飛び込んできた。息を切らしながら、スタッフと講師に交互に頭を下げた彼女は、

「奥の席、いいですか？」

と躊躇せずに通路側に座っていた僕の席に駆け寄り、声を掛けてきた。丁度、僕と隣の男子学生はテーブルの両端に座っていて、中央の座席が空いていた。僕が慌てて席を立つと、彼女は中央の席に滑り込むように腰を下ろした。真近に見た彼女はハンカチで鼻水を抑えながら恥ずかしそうに僕に頭を下げた。

（おっ⁉　今日は、ショートボブを三つ編みにして後ろで束ねている！）

身長は一五五センチほどであろうか？　少しぽっちゃりした玉子型の顔立ちに、その髪型がとてもよく似合っていた。可愛らしい赤と緑のチェックのコットンシャツを着ている。そしてベージュのパンツにコイン・ローファー。まったく好みのコーディネイトである。

僕は思わず嬉しくなった。慌ててやに下がっている顔を悟られないようにと、右手で頬づえをついた。

その日の講義は、時間が急遽変更になっていた。そのため学生への連絡が行き届いていなかった。僕は運よくアパートに入った電話連絡でそのことを知り、出席ができたのである。彼女は当日の朝に教務課への問い合わせで知ったようで、そのため時間ギリギリに教室に飛び込む羽目になったのであった。

講義が始まると、彼女を挿んで僕とは逆の通路側に座っていた男子学生が、時々彼女に向かって何か話しかけている。知り合いであろうか。そう思いながら、意識的に二人の話に注意を傾けていた。すると、どうもそうでは無いらしいことが、彼女の言葉の端々から窺うことができた。僕は少しほっとしながら配られたレジュメに目を落とした。

講義が終了し、彼女を気にしつつ席を立とうとすると彼女の声が耳に入った。ランチの誘いであろうか、講義中に何度か話しかけてきていた男子生徒に向かって答えている。

「ごめんなさい。友達と約束があるので」

相手の男子学生は、何か気まずいような照れ笑いを浮かべながら、そそくさと鞄を肩に掛けると、教室の前方の学生たちが流れていく出入り口に消えていった。その様子を見て、僕は頬を少し緩ませゆっくりと立ち上がろうとしたが、後方の席から流れてくる学生をやり過ごすために再び席に腰を下ろした。気が付くと隣に彼女の顔がある。てっきり逆方向の通路側から出ていったと思っていた。その彼女が隣にいる。僕は少し焦りながら、

「ごめんね。もう少し待ってくれる」

それを隠すように丁寧に言うと、彼女に頭を下げた。そして後方から来る学生がいないのを確かめると、僕は彼女をガードするように後方に下がりながら、彼女のために通路に出るスペースを確保した。彼女は僕が座っていた場所を素早くすり抜けると、僕の正面に立った。僕たちは初めてお互いの顔を正面から見た。

(映画でよくあるような、ストップモーションのシーンだ!)

本当にそう感じて、暫く彼女の顔を見つめていると、彼女の唇がゆっくりと動くの

がわかった。

「変なこと聞いていいですか？」

彼女の突然の言葉に僕はどう答えていいのか分からずに、

「は……はい⁉」

後から考えても実に間の抜けた返事を返していた。

「ひょっとして、講義の初日に、私の席の斜め上の席に座っていませんでした？」

僕は思わず笑いだしながら、

「そうです。……あなたの耳を見ていたら、振り向かれたので目を逸らせた男です。やっぱり気が付いていたんですか」

別に悪気は無かったのだが、「とても耳が印象的」で、その上ショートボブの三つ編みとマッチしていたので、思わず見ていたことを正直に彼女に伝えた。

「決して、悪気や下心があったわけではありません」

と頭を下げた。それから何となく二人でランチに行くことになった。僕は小遣いに余裕があるときに時々立ち寄る、キャンパスからはさほど遠くない喫茶店に彼女を誘った。

「友達とランチをする予定じゃなかったんですか？」

僕が聞くと、

「えーっ。話を聞いていたんですか？」

「何となく聞こえてきたので……」

「あの時は、結構しつこく話しかけられて面倒になって」

そう答えた彼女と僕は、喫茶店の二人掛けの席に着くと初めてお互いの名前を言い合った。その時にはすでに彼女との会話に、僕は不思議な安心感を得ていた。

彼女の名前は、吉澤真理子。今年十九歳の一年生であった。住まいは、京都の北の外れに位置する三千院で有名な大原の里であるといった。

「聞いたことあると思いますが、『大原女』や漬物の『しば漬』で有名です。それに『三千院』は超有名かな。でも、結構不便な処で市内まで出てくるのにバスしかないので大変なんですよ」

彼女が語る大原の里を、僕はまだ一度も訪ねたことがなかった。それ故に、静かな隠遁の地であることを連想させる大原と、目の前の明るい彼女のイメージとが重ならないでいた。僕は彼女のファッションにとても興味があった。

「とても可愛いチェックのシャツだね。それにベージュのパンツとコイン・ローファー」

彼女はそれを聞くと、今にもガッツポーズをしそうな、弾けるような笑顔になった。

「これ、『TARO・Hem:ing』のシャツです。知ってます？　そのレディス版。私このブランド大好きなんです」

「名前だけは知ってます。でも実際に身近で着ている女子を観たのは初めてかな」

それから、僕と彼女はファッション関係の話題で結構盛り上がり、次の講義の時にはお互いに声を掛け合うことを約束して別れた。以後、生物の講義では必ず隣の席に座るようになる。

「私の耳をじーっと見てたでしょう！」

後に僕と彼女の関係が、お互いに恋人同士だと意識するようになっても、何かの拍子に意見が分かれると、彼女は必ずこの言葉を持ち出してきた。そして今でも僕はこの言葉で、彼女の優位には立てないでいる。

X　京都大原へ　一九九一　秋

1

駅から見る九月の空は、ひときわ高く感じられた。四年ぶりに近鉄線で松阪駅から京都に向かった。大阪難波行き特急を大和八木で乗り換え、京都駅に降り立ったのは、郵政採用一次試験が行われた翌日の良く晴れた日であった。

僕は、京都駅からＪＲの奈良線に乗り木幡駅に着いた。大学時代に住んでいたアパートの最寄駅である。このＪＲの木幡駅から西に三〇〇メートルほど下ると、京阪電鉄の木幡駅がある。ちなみにＪＲと京阪では、駅の呼び名が違う。ＪＲ駅名は木幡（こはた）で京阪電鉄駅名は木幡（こわた）と呼ばれている。僕は専ら、住んでいたアパートから徒歩で十分ほどの距離にあるＪＲ線（旧国鉄）の木幡駅を利用していた。

そこから、京都駅に出てバスで衣笠にあるキャンパスに通学していた。

無人駅の改札口を出ると、京阪電鉄へ向かう道路を駅とは逆の東に向かった。車道の狭い緩やかに登る二車線の道路を、東に一〇〇メートルほど歩くと京都と宇治を結ぶ国道7号線の十字路にぶつかる。その交差点を越え、更に東に一〇〇メートルほどのところに目指す場所があった。「レジデンス宇治・木幡Ⅰ」僕が住んでいたアパートである。

その二〇三号室で、僕は浪人生活を含め大学を中退するまでの三年余りを過ごしたのだ。当時は「Ⅰ」があるのだから「Ⅱ」もあるだろうと思っていた。しかし隣接するアパート名に「レジデンス宇治・木幡Ⅱ」は見当たらない。郵便局に勤めだして「Ⅱ」は無いであろうと確信に至った。何故なら、住んでいた三年間で一度も誤配がなかったからである。（他人からすると、どうして？　そこ⁉）とツッコミを入れられそうだが、もし「Ⅱ」があったならば、一度や二度は郵便物が間違って配達されたはずだ。

「人的依存力が高くなればなるほど間違いが多くなる」郵便局で配達作業を始めてから学んだ絶対的心理である。（なんだか情けない話ではあるが……）

アパートに設置された郵便物の集合受箱やドアの郵便差込口に、無意識のうちに注

意を向けていることに気が付き、

（ほとんど、職業病だ……）自分に呆れながら呟いた。

ＪＲ木幡駅と京阪電鉄・木幡駅を結ぶ三〇〇メートルほどの通りの中央に、南北に横切る通りがある。その通りの南側に木造建築の古い小さな郵便局があった。旅行などで初めて訪れた駅の前には必ず郵便局がある。その周辺で目に留まらなければ、駅の道路を一本入った通りには必ずある。

――全国で二万四千の郵便局があるというのは凄いことだな――

改めて実感しながら、貯金通帳を初めて作ったのがこの小さな郵便局で、そのために彼女との待ち合わせに遅れそうになったことが思い出された。

僕は木幡駅周辺をしばらく散策すると、本来の目的地に向かうべく、京阪電車で四条河原町に向かった。京阪電車を四条で降り、四条大橋を渡るとすぐに「ウイスキー・バー」の古い建物が目に入った。ショットバーを初めて知ったのがこの店であり、初めてバーボン・ウイスキーを飲んだのもこの店である。店は、国産洋酒メーカーの直営店である。大学での友人に誘われて来たのが最初であった。あの酒屋の息子である。ビルの階段を下りドアを開けると、大きなカウンターの背後にはウイスキーの瓶が並んでいる。薄暗い店内の天井は、飴色に黒く光っているのがわかった。

「このショットバーは、開業してから六十年～七十年近くなるんじゃないかな。天井が飴色になっているのはこの店の歴史。煙草のヤニだよ」

友人はそう言うと、店内に置いてあるジュークボックスにコインを入れた。ボタンを押し選曲すると、店内には松田聖子の『SWEET MEMORIES』が響きだした。見事な演出だ。角のハイボールとジャックダニエルのロック。そしてペンギンズ・バー。

そんなことを思いながら、四条河原町を経由して大原へ行くバスの停留所に向かって歩いていった。

2

河原町から大原行のバスに乗ると、約一時間ほどで終点の京都バス・大原停留所に着いた。窓越しに流れていく洛北の景色を眺めながら、僕は吉澤真理子とのことを思い出していた。すでに時間は午後二時半を過ぎようとしていた。降りるとすぐにバスの案内所で帰りのバスの時刻を確認した。一七時〇五分が京都駅への最終便である。約一時間三〇分ほどしか滞在時間がない。兎に角、大原にやって来た目的の情報収集ができそうな場所を探した。地域のことを良く知る店や、何かしらの公的な機関が無

いかを、案内所窓口の女性社員に尋ねてみた。すると、

「近くに郵便局があるのでそこで聞くと一番良いかも知れない」

とのことで、（なるほど尤も）である。早速、郵便局の場所を聞くと急ぎ足で歩き出した。教えてもらったように、停留所の信号を渡ると斜め南方向に向かう一車線の道路を二〇〇メートルほど下る。すると右手に大原郵便局という集配特定郵便局があった。京都市内から大原までの距離を考えると当然、集配局である。それなら情報はある程度聞くことができる。一九八〇年代や一九九〇年代は個人情報についての制約は公的機関でも可成り甘かった。例えば、郵便局で訪ねる家の場所を聞けば、局員が地図を開いて親切に場所を教えてくれた。僕は早々に郵便局に入り、窓口の男性職員に声を掛けた。

「すいません。ちょっとお尋ねをします。この近くに吉澤さんという自動車屋さんはありますか？」

そう尋ねると、五十代であろうか、差し出された小包（ゆうパック）をパレットに積んでいた男性職員が、計量器の置かれたカウンターに来て答えてくれた。

「この近くで『ヨシザワ』という自動車屋なら『オートプラザ・ヨシザワ』やと思うけどね。貴方、車？　歩くとここから二〇分ぐらいかな」

「マリコちゃんは？　今日は帰った？」

男性の職員は、隣にいた貯金係の若い女性職員にそう声を掛けた。

「さっきまで、いてはったけど。子ども迎えに保育園に行ったのと違うん。二時一五分で上がりやから」

心臓が「キュン」となるとはこういうことか。僕は彼女の言葉に、鼓動の音が外に漏れそうなくらいに胸が高鳴っていた。

「ヨシザワ自動車の娘さん、ここで働いているんやけど、丁度、今しがた帰ったみたいやな。ちょっと待っててな。地図持ってくるさかいに」

彼はそう言って暫くすると、僕の目の前に大きな地図を開げた。そこには郵便局と自動車店の場所を示すマーカーとして付箋が付けられている。僕は硬直した面持ちでお礼を言うと、彼の説明もそこそこに郵便局を出ようとした。しかし思い直して慌てて振り向くと、

「保育園というのは遠いですか？」

もう一度丁寧に人の好さげな男性職員に尋ねた。

「いいや！　ヨシザワ自動車より近いよ。君、バスで来たんやろ。京都バスの案内所の西側の方角や。近くに行きゃあ分かるよ。小学校と一緒に建ってるさかい」

僕はその答えに郵便局を飛び出すと、保育園があるという到着したバス停の方角に半ば駆け足で向かっていた。

その時の僕は、（彼女の顔が一目でいいから見たい）その思いに駆られていた。彼女が結婚して子どもがいても何の不思議もないのである。今更ながらに彼女の実家を直接訪ねて、彼女の近況を聴いて、僕はどうするつもりだったんだろう。（結婚しているならそれでいい）彼女を遠くからでも一目見れば、それで自分へのケジメが付けられる。これもまた、この期に及んでの僕自身の怯懦《きょうだ》であろうか。逡巡する思いを振り払うように、ほとんど駆け足になっていた。

保育園らしき建物の緑色の金網のフェンス越しに、軽自動車が数台並んでいる。すると、一台の軽自動車が目に留まった。黄色い保育園の帽子を被った女の子を後部座席に乗せると運転席に乗り込もうとする女性の姿が目に飛び込んできた。髪を三つ編みにして後ろに束ねている。それは初めて会った時に、僕が思わず見つめていた綺麗な耳と横顔である。紛れもなく吉澤真理子であった。

「マリちゃん！」

思わず声がでた。ただ僕のその声は彼女に届くほどの大きなものではなく、車のエンジン音にかき消されていた。ほどなくして彼女の姿は、茶色の軽自動車と共に保育園の出口へと消えていった。

秋の夕暮れは駆け足でやってくる。日中の日差しの明るさは一変し、手に持っていたインディゴのカバーオールを羽織るとポケットに手を入れた。

(これで良かったのかも知れない)

「彼女は結婚しているようだし……」

そう呟いた。

走ったことは無いが、四十二・一九五キロ。僕の足取りが鉛のように重かったのは言うまでもない。車に乗り込む彼女の姿が、六年前の記憶にある吉澤真理子と変わらないことに、(なんだかホッとした)と心に浮かんだ言葉が、自らを慰め、納得させるための怯懦《きょうだ》な性格を麻痺させるドーパミンのようで情けなかった。

京都バス停留所にある屋根付きの長い木製のベンチに腰を掛けた。キャンプ場のログハウスにあるようなベンチ仕様である。そのナチュラル色で塗装された、普段でも長時間は座れない薄い飴色の硬いベンチの座面が、その時の僕には身体の芯まで凍らせるほど冷たく感じられていた。

XI　運命の輪　信州へ　二〇二〇　初夏

1

二〇一八年三月に、僕はアルバイトを含め三十年間勤めた郵便局を退職した。依願退職である。定年退職まで残すところ三年余りであったがそこを敢えて五十七歳で退職した。昨年受験した大学に社会人枠で合格したことにより、四月から晴れて再び、大学の門をくぐることとなったのである。

定年を前にして、何故突然に大学で学ぶことを決意したのかであるが、これは決して思いつきでも、気の迷いでもなかった。五十五歳を過ぎた頃から、大学での学び直しの欲求がムクムクと頭を擡《もた》げてきたのである。ただし、仕事に対してのある種の遣りきった感があったのも否定できないが。加えて、いま学ばなければ学ぶ意欲は、脳の働きと同様に増々衰えていくとの焦燥感に似た感情も入り混じっていた。

兎に角、僕は「自己の人生に大きな貸し」があった。その貸し、いや自ら付けた魚の骨のような小さく細い棘。その喉の奥に刺さった棘が、唾を飲み込む度に痛みを発するように、コンプレックスとなって存在していた。この棘を抜かなくては。結局その思いに突き動かされて家族に相談もせずに大学受験を決意した。

とは言え、客観的にみて今の学力では一般入学試験での合格は望むべくもない。社会人枠のある大学が名古屋近辺でないかと思い探すことにした。すると県内のM大学に社会人枠の入試制度があるではないか。入試科目は英語と小論文、そして面接。受験のために英語だけは準備をしなくてはと思い、TOEICの六〇〇点を目指し勉強を始めた。その甲斐もあって、その年の定員の五名の中に滑り込んだ。

面接では大学の教授であろう一人の女性面接官に、可成り辛辣な批評をされたが、別の面接官から手書きの志望動機の文字が綺麗だと褒められた。心の中で、(殆どフォローになってないけど)と思いながら面接が終了した。終了時点では不合格を覚悟していたが、合格通知が届いた時には流石に声を上げてガッツポーズをした。退職届を会社に提出したのは、三か月前にギリギリセーフの時期であった。

大学へ行くと言い出した僕の様子に一番驚いたのは長女で、長男は自分の就職先が県内に決まったので喜んでくれた。妻はと言うと比較的冷静で、すぐに倉嶋家の今後の家計の算段を始めていた。

「まったく、いつも相談なく自分で決めるんだから！　私の予定が狂うじゃないの！」

大学を出て、故郷に戻って就職した長女の麦は、生活費のこともあり実家から通勤していた。妻によると、そろそろ一人暮らし始めようと考えていた矢先のことであったらしい。

「お母さんが一人になると可哀そうじゃない！」

そう言って僕を睨んだ。

その後も何度か家族で話し合いがあったが、

「亡くなった父さんが一番喜ぶと思うよ」

母の和枝の一言で、僕の大学進学問題は了承されることとなった。

2

親子の立場が完全に逆転した僕と息子の比呂は、近鉄四日市駅の近くにあるマンションで一緒に住むこととなった。大学に入学し二年間は思った以上に充実したキャンパスライフを過ごしていたが、二〇二〇年になると突然の感染症の蔓延で授業はほぼリモートでの講義となり、一年間はほとんどキャンパスに通うことがなかった。そのかわり、三年目にして漸く、息子の夏季休暇と僕の夏休みを利用して、一泊二日で信州への旅に出かけることとなった。旅の目的は、父の実家の墓参りを兼ねた、長野にある「慈福寺」という曹洞宗の寺を訪ねることであった。

法事の折に父のことを話してくれた伯父が亡くなり二十七年が経とうとしていた。父の兄である貞一の葬儀については特によく覚えている。それは今上天皇が御成婚をされた一九九三年の六月であった。伯父が危篤状態であるとの連絡に、入院先の病院に駆けつけると、病院の待合室のロビーに設置されている大型テレビの画面には、黒いオープンカーに乗り、沿道で国旗を振る国民に向かい手を振られる『徳仁殿下』と『雅子妃』の御姿が映し出されていた。

「二人でお墓参りをしてくれてありがとう。父さんも喜んでるわ。ところで、これからどうするの？」

父方の先祖代々の墓に案内してくれた伯父の娘で、僕にとっては従姉にあたる絵都《えつ》子《こ》から、これからの予定を尋ねられた。僕は彼女にこれから「慈福寺」を訪ねることも、その理由についても一切話していなかった。

「絵都子姉さんも、伯父さんから聞いてると思うけど、父さんが一時期、家を勘当されていたこと」

「うん。知ってる。実家の畑か何だかの権利書を勝手に持ち出して、売り払っちゃったことでしょ。それで、うちの父さんが仕方なく勘当したと聞いてる」

「そう。その原因になった理由が、父さんの遺品を整理していたら、何となく分かってきてね。あくまでも推測だけど」

僕は従姉に父の遺品と手紙から、父の空白の五年間について推測を交えながら話をした。

「なるほどね。慈福寺なら長野では有名よ。確か、終戦直後、当時の住職さんが戦災孤児を数人お寺で引き取って、仏門の教えを説きながら面倒を見たと聞いてるよ。それが現在の『児童養護施設』になっているんじゃなかった？」

「そうらしいね。慈福寺に隣接する孤児院、今でいうところの児童養護施設を訪ねてみようと思っているんだ」

僕は、鞄にある慈福園から父宛てに送られてきた手紙の束を彼女に見せた。慈福園からの手紙は、春と冬に送られてきていて、二十二通あった。

「父が世話になった人の子どもが、その慈福園で生活をしていたようなんだ。だから父は、慈福園に毎月支援金を送っていて、郵便局の領収書も残っている」

慈福園からの手紙の中には、父への御礼とその子どもが元気で暮らしている様子と内容が記されていた。園で育った子どもは「高也」という名前の男の子である。更に、その男の子の母親からと思われる父宛ての一通の手紙の文面と、差出人の苗字から考えたことを絵都子に伝えた。その子の名前は「藤井高也」という男性で、一九四八年生まれ。生きていれば現在七十二歳ということになる。そして慈福寺を訪ねれば、父と藤井という人物の関係がある程度分かるのではないかと告げた。

「そういうことなら、私も一緒に行くよ。車ならここから一五分もあれば行けると思う」

僕と比呂は急き立てられるように、彼女の運転する車で慈福寺へと向かうこととなった。

3

南信濃に位置する慈福寺は、想像したよりも新しさを感じさせ、山門の前には大きな欅があり、我々を出迎えてくれた。突然の来訪である。住職は不在であったが、修行中の若いお坊さんが丁寧に対応してくれた。内容を話すと、慈福園のことであれば隣接して建っている「児童養護施設・慈福園」の事務所を訪ねることを薦めてくれた。その若い修行僧も慈福園でのイベントなどがあれば、手伝いに参加するとのことである。ただ感染症が全国に拡がり、県も警戒中のため、従来行われていた学園行事はすべて中止となっているとのこと。今日は土曜日だが職員は居る筈であるとのことで自ら案内をしてくれた。

「遠い処をよくいらっしゃいました」

こう言って、白髪混じりの小柄で綺麗な女性が出迎えてくれた。案内してくれた若い僧によると、この園の現在の園長であるという。年は六十代の後半であろうか。マスク越しに柔和な目を僕たちに向け、合掌してお辞儀をされた。慈福寺の先代の住職の奥様で、先々代の住職が亡くなってからは慈福園の園長を務めていて、先々代住職の娘ということであった。

「私の父で、先々代の住職が、戦後まもなく十名ほどの孤児を慈福寺で養育し、社会に出しました。昭和二十三年のことでございます。その時、寺の書庫を改装して孤児院としたのが園の始まりでございます」

園長の丁寧な口調で説明される慈福寺と慈福園の沿革によると、慈福寺は万治三年（一六六〇年）に開山した。江戸時代初期のころである。村の有力者であった庄屋の三男が京都の萬福寺で修行し、代々の土地にお寺を建てたのが始まりである。以来三百五十年ほどになるとのこと。寺院としては比較的新しいといえる。開山のころより村の子どもたちに、住職自らが読み書きを教えてきたということであった。

「この精神が代々の御住職の仏の教えと合致して、今の慈福園の基礎になっているのです」

そのように話す園長には、女性特有の柔らかさと、修行僧のような凛とした佇まいが感じられた。

「お尋ねがありました『藤井高也』のことですが、よく存じております。私が幼い頃、すでに中学生で慈福園では、子どもたちの指導員的な役割をしておりました。とても身長が高く頭の良い人でした。この園で高校卒業まで過ごしたと記憶しております。確かお父様は、高也さんが生まれた頃に亡くなったと聞いております。その後、お母さまお一人で育てていましたが、そのお母さまが療養所に入られ、慈福園に参ったとのことです」

僕は慈福園から父に宛てられた手紙を鞄から取り出すと園長に手渡した。

「まあ。間違いなく先々代住職の筆跡です。父の字に間違いありません」

彼女は一通ずつ、宛先の住所と差出人を確認しながら、懐かしそうにその黄ばんで古くなった封筒に、墨で書かれた見事な筆跡を愛おしそうに指でなぞり暫く眺めていた。僕にはそれが時の流れの中で、人だけが受け取ることのできる愛情と畏怖に感じられた。

「藤井高也さんのことなら、私の母がよく知っていると思います。九十二歳になりますが寺の離れで、一人で暮らしております。これからご案内しましょう」

先々代の住職は、二十年ほど前に七十九歳で亡くなっていた。ただ夫人であり、園長の母が、九十二歳で健在で話が聞けることとなった。

九十二歳になる老母の話す内容は、「藤井高也」とその母の「容子」についてであることは承知していた。ただ、それが分かることで僕たち家族が認識していた「倉嶋隆志」という一人の人間と父としての輪郭のずれが、はっきりしてくることに期待を抱いていた。

老母の話は、住職の妻として、慈福園の園長の母として、また孤児たちの母親としての気概であろうか。言葉の端々にそう思わせる強さが感じられた。それは、激動の時代を生き抜いてきた女性の芯の、いや真の強さであるかも知れない。特に「藤井容子」が罹患した結核は、当時はまだまだ「死に至る病」として恐れられた。老母はその時代を語りはじめると、種々の思いが波のように押し寄せるのであろう。目を潤ませ、自らの老いた細い手で鼻水をハンカチで拭う様子に、時の流れに棹さす一人の女性の姿を見るようで心が締め付けられた。

藤井容子が療養をしていたサナトリウムは、大正十五年に開院された「富士見高原診療所」であった。今は廃院となり資料館として一般公開されている。日本で初めての高地結核療養所である。堀辰雄の小説『風立ちぬ』の舞台となった療養所として有名で、多くの文化人も療養生活を送っている。昭和二十七年に藤井容子はこの療養所に入院をした。その時「高也」は四歳か五歳になる頃であった。「じょうえつ」という小料理屋の女将から直接、当時の住職に依頼があり慈福園に預けられたのである。先々代住職と女将とは古くからの知り合いであり、その関係から藤井容子の息子である高也は慈福園で育つこととなったのである。

4

僕たち三人が慈福園を辞したのは、午後四時を過ぎていた。感染症警戒中の訪問にも拘わらず、慈福園は快く僕たちを受け入れてくれた。それに増して、慈福寺の離れでの老母との会話が二時間近くに及んでしまったことに、僕たちは申し訳なさと強い感謝の念で寺を後にした。

「佑ちゃん。いろんな事が分かったね。疲れたでしょう。これからホテルまで送るわ」

絵都子は車に乗り込むと、夫の幸隆に電話を掛け、長野駅前のレストランでの夕食の予約を取ってくれた。

「折角長野に来たのだから、家に泊まってもらいたかったんだけど」

そう言う従姉に、宿泊先である駅前のホテルまで送ってもらうと、午後六時半に予約したレストランで、絵都子夫婦と再び待ち合わせる約束をして彼女と別れた。

「佑ちゃん、久しぶりだね。比呂も二十三になったんだって？」

すらりとした長身の金ボタンの紺ブレがよく似合う初老の紳士が、予約した店で待っていてくれた。絵都子の夫の幸隆である。オックスフォードシャツがノーネクタイではあるがとてもよく似合っている。

絵都子が嫁いだ先は、長野市の旧家の資産家である。夫の幸隆は、その長男で定年退職まで市の人事・総務課に勤めていた。特に「長野オリンピック」当時は、秘書課のトップで市長の右腕として腕を振るった。彼の品のあるスマートな外見をみる度に、いつも僕は彼の辣腕ぶりよりも、育ちの品の良さを感じずにはいられないでいた。

創作料理「ＴＵＢＡＫＩ」での僕と比呂、そして従姉夫婦の四人での食事は素晴らしいものであった。特に、信濃牛のステーキに信濃サーモンの刺身は絶品であった。開高健のような図抜けた表現の天才であれば、数えきれない対立表現を駆使して（噛んだ瞬間の肉質の柔らかさと、ほんのりと舌に残る脂身の甘味）を表現するのだが。開高健が創作した、ウイスキーのキャッチコピーが頭に浮かんだ。

確か……（ソロなのに、三重奏、四重奏の味わいがある。ハーモニーがある）だったか……。

よくあるグルメレポーターのような表現を持ち合わせていなくてよかった。僕の陳腐な表現よりも、先人には開高の様な天才的な表現者がいる。僕らは素直に「うま

い」という言葉で良いのであろう。やはり「開高健」はすごい。そう思っていると、

「お父さん、この信濃牛のステーキ！　うまいね！　最高！」

厚手の陶器のステーキ皿の上の熱くなった丸いペレットに、信濃牛のカットされた肉が乗せられている。ミディアムに焼かれた肉の赤い断片には、上に添えられた厚いバターが溶け出している。その一切れを頬張った比呂は、思わずガッツポーズを僕たちに向け嬉しそうに笑った。その様子に、いつも陥る不毛な探究思考が強制終了し、素直に僕は納得した。幸隆は手にしていた赤ワインを一口飲むと、料理を運んできたウエイトレスに同行して、料理とワインについて説明をしたマネージャーの言葉を、更に分かり易く説明してくれた。

「信濃牛は名前の通り、長野で育てられた和牛で、この肉はA5ランクのサーロインということだが、比呂や佑ちゃんの生まれた三重県には、世界に冠たる松阪牛があるね。

単純に言うとAというのは和牛肉の歩留基準値がA・B・Cとランク付けされている。これは松阪牛にもある。その一番上のランクがA。そして、肉の色と肉質のランクが1から5に分けられている。A5というのは、まあ信濃牛の中で、一番上にランクされた和牛肉だということかな」

幸隆の解説に神妙な顔つきで聞いていた比呂は、

「幸隆さん、牛の肉にも歩留率とかあるの？　歩留率の説明ですぐ思い付くのは、工場のネジの話。一〇〇本のネジから何本の不良品が出るかというアレでしょ？」

と質問した。

「そう。肉にも歩留率というのがあるんだよ比呂。『ロッキー』というスタローンの映画を観たことあるだろう。主人公のロッキーが肉をサンドバックにして叩くシーンを覚えているか？」

映画『ロッキー』の中で、ロッキー役のスタローンが、精肉工場の吊るされた肉の塊をサンドバックに見立てトレーニングをする場面である。ロッキーが叩いていた肉の塊は一頭の牛を半分にカットしたものである。その半分にカットされた肉から骨や余分な脂を取り除いて整形された肉が部分肉と呼ばれる。半分にカットされ吊るされた肉から、どれだけの部分肉が取れるかが肉の歩留率となる。その割合を高い順に等級化し、Aランク・Bランク・Cランクとする。彼の説明は以上のようなものであった。

「お父さん！　蘊蓄はいいから。おいしいものは、おいしいよね。比呂」

絵都子が流石の夫婦間のタイミングである。

僕は従姉の合いの手のタイミングで飲んでいた赤ワインについて聞いてみた。

「この赤はメルローですよね。桔梗が原メルローって塩尻ですか？」

僕は幸隆と信州のワイン話しがしたくなり話題を振った。

「そう。この赤は、桔梗が原のメルローだよ。『六一ワイン』って知ってる？」

「ええ。一応知ってます。創業者の方の名前が、ワイン名になってるんですよね。名前を忘れましたが、ワイン番組で紹介されて覚えてます。信州のワインであれば、あとは『筒井ワイン』かな。僕が日本のワインを最初に飲んだのが『筒井ワイン・コンコード』でした」

彼の問いかけにそう答えると、絵都子が僕のもう一方のワイングラスにシャルドネの白ワインを注いでくれた。

「佑ちゃん、ワインに詳しいの？」

「いえ、いえ。たまたま、大学の友人に酒屋の息子がいてね。今でも付き合いがあって、そいつから話のネタになるような蘊蓄を仕入れているだけです」

それを聞いた従姉は、飲みかけの白ワインを思わず吹き出しそうになりながら、笑いをこらえている。

「家の旦那とそっくり。多分、付き合いのネタに仕入れた蘊蓄だと思う。兎に角、昔は接待、接待で、大変だったのよ。毎日のように午前様でね。その時の場を持たせるためのネタだと思う。何でも良く知っているのは」

彼女の言葉に幸隆は笑いながら、

「まあ、そんなとこかもな。特に長野でのオリンピックの前後は、兎に角大変だった。もうあれから十九年？　二十年になるか……」

僕はレストランで出された「信州鮭」についても尋ねてみた。料理には二種類のサーモンの生が出され、マネージャーの説明よると「信濃サーモン」という名前が付いているらしい。サーモンにルッコラとミニトマトとイタリアンパセリのカルパッチョ風サラダと醬油で食べる純粋の刺身である。薄くつくられた綺麗なピンク色の刺身は、山葵醬油との相性が抜群であった。

「今まで、サーモンの刺身を馬鹿にしていました。まったく、ごめんなさい。素直に、このサーモンには脱帽です」

僕の感心した様子を見て、

「『信濃サーモン』については、売り出すのに県や市が関わっているのと、水産試験場にも知人が働いてるんで、よく知ってるよ。まあ、無駄に顔だけは広いからね」

幸隆の説明によると、「信濃サーモン」と命名されているが、マスの新養殖品種で、長野県の水産試験場が十年かけて生み出した。ニジマスとブラウントラウトとをバイオテクノロジー技術を用いて、交配させたので一代限りの養殖品種だとのこと。つまり、この魚は繁殖能力を持たないため、万が一自然の湖や川に放流されても繁殖しないのである。食用としてのメリットは、成長速度が速く、約二年で一・五kg～二kgほどに成長する。淡水魚特有の臭みがないので生で食しても大変おいしい。正式名は信濃雪鱒（シナノユキマス）というらしい。

話を聞きながら、「東紀州鶏」を思い出した。この地鶏も東紀州鶏から東紀州鶏は生まれない。種というものは何らかの形で後世に繋がっていくべきものではないのだろうか。説明できない複雑な思いでいた。

それまで軽口や笑い話を交えながら、場を飽きさせないように気遣いをしてくれていた幸隆の口調がかわり、

「ところで、佑ちゃん。隆志叔父さんのことだけど。『藤井高也』という人のこと、こっちで調べようか？　上越の職員だったそうだね。同業だからある程度調べることはできると思う。上越とは近隣市で、特にオリンピックの時は連携して協力してもらったから知ってる人も多いよ」

絵都子から父のことを聞いたのだろう。幸隆の有難い申し出に対し、これで藤井高也に関わることは終わりにしようと考えていることを、従姉夫婦に伝えた。

慈福寺での話が終わり、部屋を辞するときにはこの思いが既に固まっていた。その時の話によると、藤井高也への父の支援金については、「本人は無論、母親の藤井容子にも一切知らせないように」と、父自らが願ったという。それは父と慈福寺住職との約束であった。当時の住職は父との約束を守り、藤井高也が園を出て働くまで、母親の容子にも知らせることはなかった。ただ、慈福園の事務・経理一斉の責任者であり、先々代住職の妻だけは、父の支援金のことを知ってはいたが、そのことは誰にも口外しなかった。

先々代住職は藤井高也の就職が決まり、卒園するのを機に母親の容子には、父の支援金のことを伝えたのである。それが藤井容子から父に宛てた感謝の手紙であった。最初で最後であろう義姉からの……。

Ⅻ　運命の輪　再び信州へ　二〇二二　立春

1

　卒業論文の提出も終了し、二月の中旬に行われる卒論の発表会を控えていた僕は、もう一度慈福園を訪ねることになった。慈福園では立春である二月四日には毎年、地域合同での節分会が行われていた。ただ二〇二〇年以降は感染症下でのイベントは控えるとの地域との申し合わせにより、二年間中止となっていた。その節分行事が今年の立春は、地域も参加して執り行われることとなったのである。「ご都合が付けば、是非とも御出で下さい」との住職からの直筆の招待状が僕にも届いたのである。

　この慈福園からの招待状には妻が僕よりも興味を示した。「地域福祉連携センター」

に関わっている妻は、お寺にある児童養護施設に興味があるらしく、その「節分会」の様子を見たかったのであろう。因みに、彼女は今年還暦を迎えたこともあり、慈福寺に加えて善光寺にも参拝したいとの気持ちになったのかも知れない。しかし急な「お招き」であったこともあり、仕事の都合で同行できずにとても残念がった。とは言え、僕にしても妻の（いつも自分だけ）という羨望嫉視の目に晒され、次週に卒論の発表会を控えていたこともあり、今回の長野行の日程は日帰りの強行旅となった。ただ、その代わりと言っては何だが息子の比呂が、

「僕も行きたい！　交通費は出すから！」

そう言って同行することとなった。幸いにしてＪＲ名古屋駅から長野駅へは一時間に一本の「特急しなの」が発着している。僕たちはＪＲ名古屋駅の一〇番ホームから、午前七時の始発に乗り込んだ。

「比呂、最近大学の先輩の野球チームに入ったんだって。中学校時代に野球部で良かったな」

僕は久しぶりに比呂と話をした。僕自身、大学の卒論の発表に向けての準備で忙しく、比呂はというと先輩社員が突然退社をしたために、その先輩の仕事を抱え込むことになった。残業は言うに及ばず、最近はマンションにまで仕事を持ち込んでいた。

「そうだね。チームに野球部出身者はほとんどいないので重宝されてるよ」

「お前の祖父ちゃんは野球が好きで、お父さんにも野球をやらせたかったらしい。でもお父さんは、比呂も知ってるようにスポーツはからっきしダメだ」

僕が言うと、

「祖父ちゃんは柔道も三段だったらしいね」

そう言って比呂が笑うのを見ながら、

(父さんが生きていたらきっと比呂をかわいがったろうな。比呂は信州の血を色濃く引いているよ)

そう一人で思っていると、

「お父さんの顔は祖母ちゃんに似てるけど、僕は祖父ちゃんによく似ているって」

「僕の身長が父さんよりも低いのは、祖父ちゃんに似たせいかなあ」

比呂は祖母の和枝がそう言ったといって、不満そうに僕の顔をみた。

確かに比呂の身長は、一六八〜九センチほどで僕よりも少し低かった。

「比呂はもう少し身長が伸びると思ったんだが。でも、運動神経や音楽のセンスは、お父さんや祖母ちゃんに似なくてよかったじゃないか。あと、祖父ちゃんも元もとは、左利きだったらしいぞ」

僕は比呂がソフトボールを始めた小学校の時のことを思い出した。最初、比呂が「左利き」であることが分からなかった。箸や鉛筆の持ち方は何も考えずに、最初から右手を使うように教えたからだ。グローブを買ってきて初めて知ったのである。比呂とのキャッチボールがまったくできなかったのだ。

（あれっ⁉　比呂の投球フォームが明らかにおかしい）

左手で投げるように言うと、結構速い球が胸元に返ってきた。それで初めて比呂が「左利き」であることを知ったのである。

「へ〜っ。祖父ちゃんも左利きだったんだ」

「そう。お前の走るのが速いのも祖父ちゃん譲りだよ」

そう言うと比呂は目じりを大きく下げ、本当に嬉しそうにしている。その顔と「嬉」という字が重なった。（なるほど！　漢字はよくできてるなぁ）ふと脳裏に浮かんだ妙味に感心しながら、僕の顔も嬉しくなっていた。

僕と比呂は久しぶりに二人で、そんな他愛もない話をしながら三時間ほどの列車の旅も退屈することなく、長野駅の一駅手前である篠ノ井駅に到着した。慈福寺は長野市の南に位置していたので、篠ノ井駅で下車するのが一番近いルートであった。篠ノ井駅の到着は九時五四分で、節分会は一〇時からの開催である。途中からの参加になることを事前に園に連絡し、駅からタクシーを飛ばして慈福園に向かった。

篠ノ井駅からは一〇分もかからずに慈福園に着いた。受付で金封紙を渡し姓名を名乗ると、ほどなく前住職とその妻の園長が揃って出迎えてくれた。

「遠い処を遥々といらしてくれました。前住職の佐藤良信《りょうしん》と申します」

前住職は、合掌をしながら光沢と艶のある見事に剃髪された頭を下げた。

「この度はご連絡を戴き誠にありがとうございます。息子と二人でお言葉に甘えて寄せて戴きました」

僕と比呂は、慌てて合掌をしながら良信にお辞儀を返した。前住職に促され向かったのは園の施設内にある体育館であった。体育館に入ると特設の会場が設置され紅白の幕が引かれている。その壇上では来賓者の挨拶が終わろうとしていた。

「今、マイクを持って節分会の司会・進行を務めておりますのが現住職です」

壇上では濃いグレーのスーツとベージュのネクタイに輪袈裟姿の剃髪の若い僧侶が進行を務めていた。

「あの輪袈裟をしたスーツの方が、現ご住職様ですか」

「はい、住職の光貞《こうてい》です」

「昔は、背広を着ていても頭を見ると僧侶だとすぐに分かりましたが、最近は僧侶でなくても頭を丸めている方が多くて、輪袈裟をしないと仏門に帰依する者だと分からない時代になりました」

前住職は笑いながら、壇上に近い来賓席の後方に設置された折畳み式の椅子に、僕と比呂を案内してくれた。そして自らも隣の席に腰を掛けた。来賓席に座っているのは地域の名士たちであろう。気が付いた幾人かが、前住職と僕たちに身体を向かせながら頭を下げる。前住職は椅子から立ち上がると、少し膝を折りながら合掌してそれに答えている。

(来賓者の中には郵便局長もいるかも知れないな)

僕はそう思いながら壇上に目を移した。

「これから、是非、貴方に見てもらいたい出し物が登場します」

前住職の低い声が僕の耳元で聞こえた。

2

突然、甲高い笛の音が響き、「トコトコ・トント・トン　トコトコ・トント・トン」と強弱をつけた締め太鼓のリズムを刻む音がし始めると、すかさず「チーリリリ・チリロリロリー〳〵、〳〵」という甲高い神楽笛の音が響いた。

「獅子舞だ！」

思わず身を乗り出した比呂の目が輝いている。

幣と鈴を手にした獅子が壇上に登場した。幣と鈴を両手に観客に向けて捧げ、ゆっくりと頭を下げる。次に、左手に幣を右手に鈴を持った手が両側に弧を描くように広がり、獅子頭の正面で幣と鈴が重なると舞いが始まった。

十数年ぶりに披露された獅子舞である。江戸時代の末期ころから、この地域では正月が過ぎて立春までには、一年の厄除けのために獅子舞が各家を廻るようになったという。

「伊勢太神楽」の流れを汲む獅子舞であろうと思われた。

――一般的には、伊勢太神楽は江戸幕府より神職が許され、それにより伊勢神宮の神札を配布しながら諸国を巡り獅子舞を披露したのが始まりとされている。その後、伊勢太神楽の神札を配布する神楽師のことを指すようになる。信州における獅子舞の多くはこの伊勢神楽系であると前住職は説明してくれた――

僕と比呂はお互いに顔を見合わせた。と言うのも、二人ともその獅子舞を見ながら、驚かずにはいられなかったからである。牟婁町の永原地区に伝承されている獅子舞にとても似ていたのである。息子の比呂は地区に伝わる獅子舞の笛を、今は亡くなったが一人の笛師から伝承していた。

「これは、私の推測です。昔はお寺の境内や敷地の中に、地域の道祖神や神社が多く祀られていました。今のように仏と神は分離をしていませんでした。所謂、本地垂迹説といわれるものです。一遍上人が熊野本宮大社で熊野権現（阿弥陀如来）が現れ、お告げを聞いて悟られたのは有名ですが、奈良時代のころより仏と神は一つでした。それが明治新政府により神仏分離令が発布され、寺院と神社は別のものとなりました。が、現在でも神社だけでなくお寺の境内や本堂で獅子舞を奉納するお寺も多くあります。私ども慈福寺もその一つです」

良信前住職はこのように話した。

慈福寺の敷地内にも地域の道祖神が祀られ神社となっている。十年ほど前までは、地域の神社の祭りには獅子舞が奉納されその後、慈福寺の境内と本堂でも獅子舞が奉納されていた。更に立春の節分の日には、豆をまく前段で獅子舞が奉納されてきたのである。

「伊勢の太神楽がこの地域の各家々を廻るときには、慈福寺を神楽師の宿として提供してきたのです。その代わりとして村人が獅子舞を少しずつ習い覚えました。それが伝統芸能としてしっかり根づいたのは明治のころで、紀州熊野の木地師である小倉姓の一族がこの地に移り住み、熊野で舞われていた獅子舞を教えました。伊勢の獅子舞と熊野の獅子舞が融合して、この地域独特の獅子舞が生まれたのです」

前住職の説明を聞いている間に、神楽笛の音は一層勢いよく甲高い音を奏で始めた。「ピ！」という笛の止音とともに、太鼓が激しく打ち鳴らされると、油単（獅子の着ている布）が波のように上下する。油単の中には三人の舞い手が入っているようだ。「ピロロ・リロリー」獅子頭を先頭に一斉に走り出す。「ピロロリー」という音とともに静止すると正面に口を開けた獅子が目の前にある「魔」に嚙みついた。そして「ピロロ・リロ！」音に合わせ、そこにある「魔」を引き千切る様な仕草で首を竦めると獅子舞は終了した。荒獅子の舞であった。

「あれは乱曲だね」

比呂は僕を見てそう言った。地区の獅子舞では必ず最後に舞う「乱曲」という舞いを指したのだ。

大きな拍手に包まれながら舞い手のメンバーは獅子頭と油単から顔を出すと、集まった園の生徒や観客の地域住民に手を振りながら会場を去っていく。その中で、笛を担当していた二人の女性のうちの一人がこちらに向かって歩いてきた。

3

「和尚様、お久しぶりです。今回はお招き戴きありがとうございました」

髪を後ろにキッチリと束ねた二十五か二十六歳くらいであろうか、細身の女性がにこやかに挨拶した。マスク越しの声は良く透り、フチなしのメガネが彼女の快活さと明晰さを同居させているようで、とても好感がもてた。

「こちらこそ、有難う御座います。久しぶりに舞を拝見しました。よくまあ、ここまでにしましたね。この後の豆まきもメンバーの方とご一緒にお願い致しますよ」

前住職は、女性に労いの言葉を掛けながら合掌し、彼女のことを僕と比呂に紹介した。彼女の名前は、藤井涼子。女性の名前に少なからず驚いて、前住職の顔を見ると、良信は微笑みながら静かに頷いた。

彼女が挨拶を済ませ辞去すると、前住職は彼女のことを詳しく話し出した。

「彼女は、藤井高也さんのお孫さんです」

彼女はやはり藤井高也の親族で、しかも孫であった。獅子舞の笛を担当している彼女は、現在この地区のアパートに一人で暮らしていて、市内の介護施設に勤務しているとのことであった。

前住職によると、藤井高也は慈福園で暮らしている間に、獅子舞の笛師の師匠から手ほどきを受け、地域の行事や今でいうイベントに参加していたらしい。その頃、慈福園で生活している児童たちは、地域からの要請もあり伝統芸能としての獅子舞を習っていた。しかし笛や太鼓、さらには舞いを習得しても、卒園すると地域を離れてしまうので、自然に伝承していくのは難しくなる。さらに笛や太鼓は教えてもらっても実際モノに成る子は少なく、特に笛については顕著であった。

「太鼓と鉦は、読経の折に私どもも必要ですので、修行の一環として学びますが、笛の事は一切分かりません。ただ関係者によりますと、伝統芸としての獅子舞が途絶えていくのは、一番には最初に笛を吹く人がいなくなるという理由だそうです」

習得するのが難しいのは笛で、先ず音が鳴るようになるのに時間を要する。そのため教えてもらってもいわゆる「モノに成らない」人が多いということ。さらに「笛師は肺を患う人が多く短命である」そのために伝承が中々できない。などの神事としての獅子舞の「都市伝説的」な云われや、神聖化された特別な意味合いを故意に与える様な伝承も残っている。

その中で藤井高也には音楽的なセンスがあったのであろう。園の子どもたちの中でも神楽笛をいち早く習得し、中学生になる頃には地区の獅子舞の一員として、神社の神事や地域行事で神楽笛を披露していたようである。しかし高也は就職も決まり卒園すると、この地区を離れ新潟の上越に移ることになる。ようやく離れていた母親との二人暮らしができるようになった。しかし母親が病弱であったことと、家庭を支えるために仕事に専念する必要もあり、獅子舞の一員として活動することはなくなった。ただ、この地域の獅子舞の伝承が途絶え続けられなくなることを聞き、孫娘に自分の習った笛を教えたのである。

音楽を趣味で続けていた彼女は、すぐに祖父の吹く笛を覚え、大学を卒業すると長野市内の介護施設に就職した。慈福園の近くのアパートに住みながら、地域の関係者と共に、十年ほど前に途絶えた獅子舞の復元に努めていたのである。

「とてもドラマチックな話ですね。私の地域にも獅子舞が残っています。熊野の古座地域から伝承されたと思われる獅子舞です。彼女の吹いていた笛は六穴笛ですね。私の地域の獅子舞に使われる笛と同じです。私の地域の笛音の方が若干音が高い気がしますが」

「実は、息子の比呂はその地元の獅子舞の笛を継承しているんです」

僕の言葉に、

「何と！　仏縁・神縁としか思えません……」
今度は前住職が驚いた様子で言葉を失っていた。

熊野信仰の地からこの地域に渡ってきた小倉姓を持つ木地師が獅子舞を教えたという。伝承先がはっきりとしない牟婁地区に伝わる獅子舞も、木地師によって伝えられたのかもしれない。僕自身はその蓋然性は高いと思っていた。そこには仏縁というのか、神縁というのであろうか。不思議な縁という糸の存在を感じずにはいられなかった。

獅子舞が終り、しばらくすると来賓者と獅子舞のメンバー、そして現住職と前住職、それに慈福園園長が壇上に並び節分の豆まきが始まった。
僕らは彼らの投げる豆を浴びながら手にした豆を口に頬張ると
「福はうち！　福はうち！」
そう呟きながら壇上にいる藤井高也の孫娘を見ていた。元気よく弾けるような笑顔で豆を撒く彼女に、「福はうち！　吹くはうち！　吹くは福！」そう声をかけた。

4

慈福園節分会の終了に際し、前住職の良信が、御礼ということで最後の挨拶をおこなった。登壇した良信は今回の節分会に参加した人々を前に合掌をすると次のように語りだした。それは禅寺と獅子舞の関係を詳らかにした法話に近いものであった。

「本日は、三年ぶりの節分会にお越し下さり有難う御座います。関係者一同深く御礼を申し上げます。本日の開催の御礼につきましては関係者各位が其々、その立場で申し述べましたので、私は十年の空白期間を経てご披露された獅子舞に因み、『仏と獅子』ということで少しお話をさせて戴きたいと存じます。

皆様もご承知の通り、獅子は『百獣に君臨する王』で無敵です。その無敵である獅子でさえも、たった一つだけ恐れるものがあります。それは獅子の身体の中に発生する虫でございます。獅子の我身の体毛の中に発生し、増殖し、やがて皮を破り肉に食らいつく。害虫です。これが『獅子身中の虫』です。

多くの方はこれを故事成語として知っているのではと思いますが、一般には、恩を仇で返すことや、組織にいながら害をなす人間のことを指す意味に使われます。が、これは本来、『大乗仏教』の経典の一つである『梵網経《ぼんもうきょう》』に由来する故事でございます。つまり本来は、『仏徒でありながら仏法に害をなす者』のことを指すのが第一意なのです。そしてこの害虫は、牡丹の花から滴り落ちる夜露にあたると死んでしまうといわれております。それゆえに、獅子は夜には牡丹の花の下で眠るとされています。すなわち獅子にとっての『安息の地』は牡丹の下だということになります。ところで『唐獅子牡丹』は、その筋の方や名優の『高倉健』さんで有名でございます。が、実はこれは相性が良いことを示す意味で、このような図柄となったのでございます。

ご承知のように、仏教においての花は蓮《はす》です。それはお釈尊さまが泥の中から生まれて美しい純白の花を咲かせることから、蓮の花が仏教の象徴としての花とされているからですが、チベット仏教においては牡丹を山の蓮としていて、『両部曼荼羅』には牡丹が描かれています。さらに鎌倉時代に南宋から渡来した『臨済宗』(禅宗)の高僧である『無学祖元』の残されている黄色い袈裟には、牡丹の唐草文様が描かれているとのことです。私どもは曹洞宗でございますが、禅宗ではこのように獅子と仏教との結びつきが深いことが理解できます。

慈福寺で獅子舞が奉納され、舞いが披露される。これは獅子を頭に頂く神楽舞にとっては至極あたりまえのことであったのでしょう。ところが明治元年に『神仏分離令』が出されて以後、神と仏は仏教と神道として、互いに別々のものとして敬われ信仰されることになります。これによりほとんどの獅子舞が、神事に拠るところとなったと思われます。しかしながら、慈福の獅子舞は、神仏分離令以前からの伝統・風習を継承し、神仏両方に神楽舞が奉納されているのです。一五〇年以上の時を経ても変わらず、道祖神と禅宗の小さな寺の境内で、年の節目である今日の節分に獅子の舞が舞われたことに、不思議な感慨と感謝の念を覚えずにはいられません。

牡丹は仏の花（寺）であり、獅子には牡丹の下が安息の地であります。獅子はその地を敬い、舞いを披露するのです。獅子は舞いながら私たちに問いかけます。『あなたにとって、依拠となる安息の地は何処ですか？』と、そして私たちは確信するのです。『此処こそが安息の地で、あなたがいる場所であることを』

合掌」

5

節分会が終了すると、僕たちはＪＲ長野駅に向かう予定であった。慈福寺での節分会がどのようになるのか予想がつかなかったので、従姉の絵都子には連絡をしていなかった。節分会は一二時過ぎに終了すると、来賓の方々には持ち帰るための弁当が用意されていた。僕たちはその弁当を辞退し、慈福園の土産として用意されたお菓子の包みだけをありがたく頂戴した。慈福園の応接室に移動し、僕と比呂は、出された珈琲を飲んでいると

「藤井涼子さんをご紹介しましょうか？　まだ園の子どもたちと歓談していると思いますが？」

と、前住職からの提案があった。

「お気遣いありがとうございます。僕もそれは考えましたが、父の支援金の事については、父が当時の住職様にお願いをしたことです。ですから父の遺志を尊重してこのまま会わない方が良いかと思っています」

僕はそう答えた。その時、

「お父さん、彼女と獅子舞の話をしたいのですが。お祖父さんと藤井さんの関係は話しませんから」

比呂が僕と前住職の顔を見ながら申し出た。

前回に慈福園を訪れ、老母の話を聞いた後に僕の気持ちは固まっていた。今後、藤井家の人々について、何らかの情報がもたらされても、

（これ以上の詮索や関心は持たずに、そっとしておこう）

そう決意していた。比呂には僕の意を条件に、彼女を紹介してもらうことにした。

前住職と妻である園長は、互いの顔を見合わせ僕に頷いた。

比呂が藤井涼子を紹介してもらうために席を離れ三〇分ほど過ぎた頃、前住職と僕が雑談をしている所に、比呂は藤井涼子と二人で戻ってきた。

「倉嶋さん、本日は遠いところをありがとうございました。比呂さんの獅子舞の話を聞いて驚きました。それから比呂さんの吹く笛の音にも！」

「あっ、それと獅子舞だけじゃなく同じ福祉の仕事なので職場のことや野球の話題でも盛り上がりました」

快活な藤井涼子の言葉に、

「涼子さんは中学の頃、野球部のマネージャーだったらしいよ」

比呂は照れもあるのか唐突に彼女のことをそう僕に紹介した。

「比呂、藤井さんにそんなことも話したのか。えらく自分を売り込んでるじゃないか」

「そんなんじゃないって」

比呂は僕のツッコミに赤い顔をしている。

「なんか、初めて会った気がしません」

そう言って笑顔で話す涼子に、すき透るような聡明さを感じながら、僕は比呂が約束を守ってくれたことに感謝した。

藤井涼子を交えての雑談の後、僕たちは慈福寺を後にした。ＪＲ長野駅に向かう途中で、従姉に電話を入れると、丁度その日は夫婦ともに自宅にいるという。帰宅するにはまだ時間があるので、急遽、市内にある従姉の自宅に向かうことにした。三〇〇坪ほどあろうか。十年ほど前に旧家を建て替え、現代風になった玄関のベルを鳴らすと、大きな玄関ホールで従姉夫婦が迎えてくれた。

「おお！　比呂も一緒か。何だよ。もっと早く言ってくれれば、飯でも用意してたのに。今日は泊まっていけないのか？　絵都子から聞いたけど日帰りなんだって。兎に角、上がれ！　上がれ！」

開口一番、幸隆はそう言って、自ら僕たち二人を応接室に案内してくれた。

「ちょうど、佑ちゃんに話したいことがあったのよ。ほら、この前、比呂と私と三人で訪ねた慈福園だっけ。あの時の話の藤井高也さんという人のこと。うちの旦那が調べてくれてね」

絵都子は僕にそう言うと、幸隆に話を振った。

「おいおい。取り敢えず、お茶か珈琲でも出せよ。泊まっていけるんだったらビールでも出すんだが」

「お節介だと思ったんだが、藤井高也という人のこと少し分かったよ」

「今は個人情報だ、何だと煩いから、詳しいことを調べるのは難しいでしょう」

幸隆はそれに対し、少し眉毛を上下させ、「まあ、それは、それ……」と言うと藤井高也についての情報を話してくれた。

藤井高也は高校を卒業すると、上越で市の土木課に就職して退職するまで土木課で勤務した。最終役職は課長である。幸隆が以前に話したように、長野でのオリンピックの際は、長野市と近隣の市とは協力体制を組まなければならなかった。当時、藤井高也も土木課の係長として長野市の土木課と連携し、少なからず行き来があったようだ。幸隆の知人で上越にいる関係職員によると、退職後も市の関連する団体に再就職している。その期間も終了し、最近の詳しい状況は分からない。ただ、聞いたところによると「去年の冬頃から肺の病気で入院しているようだ」とのことであった。

「母親については、高也が結婚して間もなくに亡くなったと記憶している。葬儀で、高也が大粒の涙を流していたのを、今でも思い出す。まさにあれを号泣というのだろう」

ということを、当時葬儀に参列した市の関係者が話してくれたそうである。

「藤井高也さんが、母親の容子さんと暮らせたのは十年ほどですかね」

少し沈黙があり、暫くして幸隆が答えた。

「佑ちゃんの話から、孫娘が二十五、六歳だとして、本人の結婚が二十五歳くらいと考えると十年もなかったかも知れないな……」

幸隆は、高也が母親と暮らした時間が、彼が慈福園で過ごした期間よりも短かったことを考えていたのであろう。しかも高也の母が終生結核で苦しめられたように、七十四歳の彼も肺の病とは……。

――人生とは切ないことの連続だ――

しかも、ここまで切ないことを味わい尽くさねばならないのだろうか……。その場には静かな、そしてとてもやるせない沈黙が流れていた。

絵都子はJR長野駅の地下駐車場に車を止めると、駅ビルにある「MIDORI」で僕への土産を買うと手渡してくれた。

「長野の土産っていうと、信州そばと、野沢菜だけど、あと私の好きなもの入れといたから皆で食べて！」

一七時発の名古屋行き「特急しなの」に乗り込んだ僕たちは、通路を挟んで隣の席に誰も座らないことを確認すると、絵都子が手渡してくれた土産をその場で広げた。信州そばと、野沢菜が言ったように入っている。その他に「果実の飴」と「りんごの森」のアップルパイがあった。慈福園での土産も確か「果実の飴」である。僕と比呂は早速、絵都子から貰った「果実の飴」を一つずつ手に取った。僕は「あんず」を口に抛りこんだ。甘酸っぱくねっとりとした感触が口に拡がった。信州の味である。その味で、改札口で手を振る従姉の姿や、亡くなった伯父夫婦を思い出していた。比呂はというと

「『ぶんたんの飴』みたいだね」

そう呟くと不思議な顔をしながら、

「彼女は二十八歳らしいよ。僕より三歳年上だね。麦姉ちゃんと同じ年だ」

比呂はそれだけ言うと、口の中の「果実の飴」と格闘している。僕は敢えて藤井涼子についてそれ以上の話は聞かないことにした。僕は父の過去を探すことで、自らの人生を繋ぐ「縁」という不思議なレールの存在に遭遇した。窓越しに流れる信州の林檎畑を眺めながら、列車のレール音の響きに奇妙な符合を感じていた。

XIII　旅の途中　父のいた場所

僕がまだ南牟婁郵便局のアルバイト職員で、長野で祖父と祖母の法要が営まれてから暫くした頃に時間を戻そう。

古山局長の手配で貸し出してもらった『鉄道郵便のあゆみ』を手に、僕は手記を掲載した西村末男という人物を訪ねたのである。

『鉄道郵便のあゆみ』は、明治五年に鉄道の開通と同時に開始された鉄道郵便が昭和六十一年十月一日をもって百十四年の歴史に幕を閉じた。その記念誌として発刊されたものである。冊子の裏表紙には「昭和六二年五月十五日付け」の鷲羽郵便局の収受回転印が押されていた。

実は長野で行われた法事の折に

「隆志兄さんは金沢の方で鉄道郵便にいたらしいわよ」

と、生前の父と一番仲の良かった叔母の暎代が教えてくれたのである。

その言葉で鉄道郵便のことが詳しく知りたくなり、局長の古山に相談してみた。すると、彼はすぐに近隣局で記念冊子が配布されていそうな郵便局に確認をし、鷲尾郵便局から「総務課に一部ある」との回答を得た。早々、それを貸し出して貰うように手配をお願いした。貸し出して貰った『鉄道郵便のあゆみ』の一九一ページにあった「鉄道郵便の思い出」という手記の項を目にして驚いた。（まさに目を疑うとはこのことだろう）父の名前と共に、父の過去を紐解く鍵となる人物の名前が掲載されていたのである。早速、古山局長に頼んで北陸郵政局に連絡を取ってもらい、手記を書いた西村末男氏を訪ねるに至ったのである。残念ながら西村末男氏は既に亡くなっていたが、金沢市内に家を構えていた。七十四歳になる妻の初枝さんは、僕の突然の申し出に対し、快く承諾し迎えてくれた。

一九八八年の冬から春にかけての出来事である。

1

――信越と上越　一九四四～一九四五　冬――

昭和二十四年に起こった鉄道郵便の事故は、当時の金沢鉄道郵便関係者にとっては忘れられない事故であったようだ。西村初枝が、当時を振り返り語ってくれたのは、次のような内容である。

昭和二十四年三月二日、直江津から敦賀に向かう阪潟上りといわれる郵便車両に隆志はいた。むろん郵便輸送の乗務員としてである。隆志を含め六名が勤務していた。当時、見習い職員であった隆志は、その日も五歳年上の藤井敏雄について郵便物区分補助をしていた。明治五年に日本で初めて鉄道が開通し、ほぼ同時期に鉄道による郵便輸送が開始された。以後、昭和六十一年十月一日に郵便輸送法が改正され、鉄道郵便が廃止されるまでの百十四年間、鉄道が郵便輸送の担い手であった。これが移動する郵便局の「鉄道郵便局」である。彼らは「鉄郵」と呼ばれ、一般の郵便局を「静止局」と呼ぶなど、「鉄郵族」として独自の存在感を示していた。

隆志が金沢鉄道郵便局の非常勤職員として働きだしてから約一年が経とうとしてい

た。西村末男が思い出として投稿した文章には次のように記されていた。

――列車は前日の雪のため、一時不通になっていたが、二日の昼前には解消され、直江津支局の事務室で夕食をすませて出駅し、他の五人と共に乗車した。直江津駅を出て三つ目の立石駅近くのトンネル前であった。突然、身体中の細胞と神経が粟立つかのような、とても嫌な軋音で覆われたかと思うと、外を見る間もなく列車は横転した。列車は押しつぶされ脱線し、線路下の道路まで落下した。雪崩であった。何回転したかわからない。外を見る間もなく列車は脱線し、線路下の道路まで転覆した。

「大丈夫かア〜‼」便長である私（西村末男）が叫んだ。便長としての任務が頭を過った。起き上がった時には不思議に痛みは感じなかった。真っ暗闇の中お互いが声を掛け合った。倉嶋君の声がかすかに聞こえたが、藤井君の声は聞こえなかった。

机と区分棚の下敷きになった倉嶋隆志君と倉嶋君を庇った藤井敏雄君が残りの職員四人により引きずりだされたのは、日付が変わる頃であった。倉嶋君は列車内の什器類が横転する脇の僅かなスペースに横たわっている藤井敏雄君に声を掛け続けていた

――

列車が突然物凄い衝撃と共に横転した時、自分の上に誰かが被いかぶさっているの

だけが分かった。

「敏雄さん‼　敏雄さん‼……」

返事はなかった。寒中の風吹きすさぶ夜が白々と明けてくる頃、無事であった職員により、二人は引きずりだされた。隆志は敏雄の遺体を背負うと迎えに来た荷物車に乗せた。重かった。全身に痛みを感じ、左手の痛みは特に酷かった。しかし、その痛みを忘れるほど重かった。それは隆志が感じた敏雄の生涯の重さであった。

事故から丸二日が経った日の夜に敏雄の葬儀は執り行われた。隆志はその時の事故により、左手の人差し指の一関節分が使い物にならなくなっていた。緊急に手術をおこなったがその指は永久に失われ、元には戻らなかった。もちろん、敏雄の葬儀には出ることは叶わなかった。敏雄の葬儀から一週間ほど経った頃、漸く隆志は敏雄の妻の容子を訪ねた。敏雄の遺影の前には、生まれて半年ほどの息子の高也が、小さな親指をしゃぶりながら眠っている。敏雄の微笑んでいる遺影が隆志を迎えていた。突然涙が溢れ出た。涙が止め処なく流れた。ひたすら泣いた。そして容子に向かい土下座をしたまま肩を震わせ泣き続けた。

「容子ねえさん……。もうしわけ……あ、ありません……。オレを、を庇って……」

隆志は、やっとそれだけの言葉を絞りだした。

容子は敏雄が死んだという事実を、未だに受け止められずにいた。これが放心状態というのであろう。まるで遣い手が居なくなった「文楽の人形」のように、顔は白く生気を失い、糸が切れたように蹲っていた。

「主人の西村は、倉嶋さんに付き添って藤井さんの家に行ったので、『倉嶋が泣く姿は今でも忘れられない。それから亡くなった藤井君の奥さんが、まるで魂が抜けたようで、傍らで生まれたばかりの赤ん坊がよく眠っていたのを覚えている』と言っていました」

西村初枝はそう言って話を締めくくった。

2

父の隆志と藤井敏雄との関係について話そうと思う。後に偶然が重なり、会う機会を得た敏雄の息子の高也から直接聞いたものである。彼が僕に告げた内容については、既に亡くなっていた母親の容子から、彼自身が聞いた話として伝えてくれたものである。

隆志と敏雄の出会いは、隆志が二十歳で敏雄が二十五歳の時であった。家を飛び出した隆志は、遊び仲間に誘われるまま長野を出て、上諏訪の歓楽街で愚連隊になっていた。

「倉嶋」という若いが喧嘩にめっぽう強い男がいるとのことで、信州諏訪一家の総長に知遇を得た。

諏訪市は昭和十六年に町村合併により上諏訪町と近隣二町が合併し、諏訪市になった。信州諏訪一家とは、温泉などの歓楽街を中心に賑わいを見せていた上諏訪地域を拠点として、明治に結成された任侠団体であった。

隆志はこの諏訪地域を仕切っていた任侠団体の世話になることとなる。そこに、藤井敏雄がいた。やせ型で背が高く色白であったが、目つきの鋭い若者であった。学生時代は空手をやっていたということで、総長のボディーガード役も兼ねていた。

藤井敏雄は隆志を一目見るなり、

「総長、こいつは背が低くずんぐりしているが、足と腰がどっしりしている。おまけに尻がでかい！　腕も丸太のように太い。いいな！　こいつ喧嘩強いよ！」

そう言うといきなり手を差し出してきた。

「ほら！　手を出せ！　握手だ！」

隆志が徐に藤井敏雄の手を握ると、物凄い圧力が掌にかかってきた。隆志もそれに対し渾身の力で握り返した。藤井の手足は長くてしなやかで、それでいて筋肉質であった。相当に鍛えていることが、握られている掌を通して隆志に伝わってきた。すると、藤井は隆志の右手の甲を左手で軽くたたき、

「俺は、握力比べではまだ負けたことがない。俺といい勝負だ！　お前だったらリンゴを握りつぶせるぜ！　俺みたいに」

隆志の分厚いずんぐりとした手を柔らかく握り返すと、

「まるでグローブの手のようだな！」

と言って笑った。

確かに彼の言葉どおり、藤井は（リンゴを握りつぶせる）のではないかと隆志は思った。

実際に藤井の掌は、リンゴを野球のボールのように握れるほど大きく指も長かった。さらにその手の甲と指は、巻き藁突きで鍛えた拳ダコで大きく盛り上がっていた。

その出会いをきっかけとして、隆志は何かにつけ藤井を頼り、慕うようになる。そして、藤井も隆志を実の弟のように可愛がるようになった。

ただし、父の隆志が藤井敏雄に対し、終生恩義を感じ続けていたことを僕が知るの

は、父が亡くなって随分と時が経ってからのことである。

上諏訪一家で藤井敏雄と知り合って一年半が経とうとしていた。藤井は時間があると隆志を温泉街に遊びに連れ出した。隆志が刺青を入れてから一週間ほど経った頃、隆志は藤井に温泉に誘われた。

「隆志、久しぶりに風呂入りに行こうや！」

隆志はその言葉に思わず目を伏せた。藤井はその様子ですぐに察したのか、

「おまえ！　躰に墨入れたんじゃねえだろうな！　そうか⁉」

そう言うといきなり隆志のシャツの襟を掴み、ボタンを引きちぎった。隆志の胸元から肩にかけては、藍色の渦の中に舞う唐獅子と牡丹の花びらが彫られていた。

「バカか！　おまえは！　一生極道をやるつもりか！」

怒りと落胆に満ちた眼差しで、敏雄の拳が隆志の胸にある藍色の渦を強く叩いた。

その夜、藤井は隆志を上諏訪の隣町の岡谷に連れ出した。そこは隆志が初めて行く店で、五人ほどが座れるカウンター席と、小さな座敷席が二つほどある洒落た小料理屋であった。

「じょうえつ」と藍色の生地に白字の平仮名で染め抜かれた暖簾をくぐり店に入ると

店の女将が側にいた女性に目配せをした。隆志より二つ、三つ年上であろうか。笑うと笑窪が印象的な小柄な女性が、奥の小さな座敷に案内してくれた。藤井は上諏訪一家では隆志が眼にしたことのない柔らかく安堵した仕草で彼女に話しかけた。

「急にすまんな。女将にも良く言っといてくれ」

藤井の言葉に笑顔で肯く彼女もまた、何かを包み込むような柔らかい眼差しで彼の注文を聞いている。

「おまえは、ビールより日本酒の方が良かったな。この店は、酒も肴もうまい！」

隆志は先ず藤井にビールを注ぐと、自らは藤井の持つ二合徳利を前に、正座した姿勢から膝立になるとぐい飲みで酒を拝受した。

「足を崩せ！　隆志」

「日頃、お前たちが飲んでる、醸造アルコールや水で割増した『三増酒』や『カストリ』と違うだろう」

つがれた酒を口に含み驚き顔の隆志に、藤井がそう言った。

戦後日本はしばらくの間、米不足のためまともな日本酒が製造できなかった。しかし、人々は酒を求めたので、カストリと呼ばれる粗悪な焼酎や三増酒などの三倍に割増された日本酒が販売されていた。更に闇市などでは、通称「バクダン」と呼ばれるメチルアルコールを薄めた酒まで売られていた。当然、バクダンなどは、飲むと死んでも仕方のない代物である。流石に隆志も三増酒は飲んでいたが、カストリやバクダンには手を出さなかった。隆志が本物の「清酒」を飲んだのは、この時が初めてであった。

「お前が飲んだ酒は、『君の雪』という名前の酒だ。俺も一度しか飲んだことは無いが、今日は特別に女将に頼んで用意してもらったんだ。お前に飲ましてやりたくてな」

藤井の言葉に、隆志は胸が熱くなった。そして、一気に残った酒を飲み干した。米の汁がここまで水の如く、清らかなアルコールになるのか。少し辛いと舌に感じる味と酒の甘い匂いが刺激的に喉を流れてくると、隆志の胸は更に熱くなった。

しばらくすると、先ほど席に案内してくれた女性が、酒に続いて小鍋を二人の前に用意し始めたとき、

「こいつは、容子。一応、俺と所帯を持つことになっている女《こ》だ」

藤井が彼女を紹介した。

――藤井高也は母の容子と父との出会いについて、「母は『藤井』が、つまり私の

父が隆志さんに初めて母を紹介した時の、隆志さんの驚いた顔が忘れられないって、よく笑って言ってましたよ。『鳩が豆鉄砲を食ったような』というのはあのことだと」

僕との会話の中で、懐かしそうに微笑んでいた――


笑うと笑窪が印象的で小柄な女性を、隆志は驚いた眼で見つめていた。

「容子と申します。隆志さんですね。敏雄さんから、あなたのお話はよく聞いています」

容子はそう言うと藤井から徳利を受け取り、隆志のぐい飲みに流れるような所作で『君の雪』を注ぎ込んだ。

彼女によると、『君の雪』という清酒は、女将の故郷にある田中屋という酒蔵の酒で、その縁で店の「じょうえつ」にも卸してくれているらしい。かなり貴重な酒で、その酒蔵では一番上物の酒であるとのことで、特別なお客でない限り出さないらしい。

彼女は、『君の雪』という酒の話を一通りすると小鍋の蓋をとり、熱々のふろ吹き大根を小鉢に取り分けてくれた。そして、薬味に赤い唐辛子のような練り物を添えてくれた。大根は綺麗にかつら剝きされ、ほのかに薄口醬油の出汁の匂いが鼻孔を擽る。

「見事な大根でしょう。これは加賀で取れる源助大根。ふろ吹きにはこの大根がいちばんおいしいわ。敏雄さんの好物」

　彼女曰く、これも女将の自慢らしい。

「容子は女将の遠縁にあたる女《こ》で、この店の手伝いをしている」

　藤井はそう言いながら、彼女がよそってくれた小鉢の大根に、その赤い練り物を少しずつ付ける。そうして、大根の熱さと辛みを楽しみながら嬉しそうに頬張っている。

「敏雄さん⁉　その赤い山葵のようなものは何ですか？」

　隆志は思わず尋ねた。すると、熱い大根を頬張りながら無理に答えようとする藤井の代わりに、容子がその赤い練り物の正体を説明してくれた。

「『かんずり』といって、新潟ではよく食べられる赤唐辛子の味噌のように発酵されたもの。謙信公が欧州から伝えられた赤唐辛子を新潟の新井の農民に伝えたといわれてるの。昔は、この赤唐辛子を擂り潰して味噌を混ぜて食べていたそうよ」

　さらに、「かんずり」という名称は、大寒（一月二十日前後）に塩漬けした唐辛子を雪の上に晒して天日干しにするから「寒ざらし」「雪ざらし」とも呼ばれ、干した唐辛子を柚子や米麹と一緒に発酵させるとこの「かんずり」ができる。そして、「寒につくる」ことから「かんずり」と呼ばれる。という名前の由来などまで話してくれた。

「じょうえつ」での酒と肴で腹も満たされ、酔いが程好く回り始めた頃に、敏雄は隆志に向かって本題を切り出した。

「隆志、俺は組を離れて堅気になるつもりだ。総長には既に話してある。容子と所帯を持って、彼女（あいつ）の田舎の上越で暮らそうと思っている」

敏雄は少し間をおくと、

「お前も一緒に来い。足を洗え！」

強い口調でそれだけ言うと、隆志の顔をじっと見つめた。その後、藤井敏雄は自らが組を離れる際に隆志も一緒に連れていくことを、総長に話をつけた。

「敏雄兄さん、よく総長や幹部の方が許してくれましたね」

隆志が不安げにそう聞くと、彼は笑いながら右手の親指と人差し指で○をつくり、

「どの世界も、これ（ゼニ）次第だよ」

と薄笑いを浮かべ、隆志の小さく盛り上がった肩を叩いた。隆志は後に二人が組を離れるのに、二万程の金を組に収めて手切れとしたことを組の兄貴分から聞かされた。今の金に換算すると三百～四百万円ほどになるであろうか。それを聞いた隆志は驚きとともに、敏雄に対して今後どのように接していったらいいのかと戸惑った。そして何より生涯を懸けても返しきれない恩に、感謝すると同時に辛く感じていた。隆志は

一年後にそのことを、生涯背負うことになったのである。

3

――二〇二二年　初夏に――

「お父さん、涼子さんから連絡があったんだけど……。彼女のお祖父さんが、お父さんに会いたいそうだよ」

息子の比呂が困惑気味に、藤井涼子から祖父の藤井高也が僕に会いたい旨の連絡があったことを告げた。藤井涼子と比呂は、慈福園の節分会で出会ったのを機に、その後、連絡を取り合うようになっていた。僕は早晩、涼子を通じて僕たち親子の事が、祖父の藤井高也の耳に入るであろうと思っていた。おそらく東紀州の倉嶋という姓の親子が慈福寺に来ていたことを聞いて、倉嶋隆志を思わないはずは無いと考えていた。

「涼子さんから祖父ちゃんの名前を聞かれたんじゃないか？」

僕が比呂に尋ねると、

「涼子さんから、比呂君のお祖父様って、ひょっとして『倉嶋隆志』って名前じゃないかって聞かれて。仕様が無く、『そうです』と答えた」

「僕が『そうです』と言うと、『また連絡する』といい涼子さんの声が途切れた」

比呂はさらに困惑した表情で僕の顔を見詰めている。

「比呂、仕様が無い。うん。仕様が無いよ……」

涼子さんと親しくしていれば、何れ分かることだ。

雨の日には、いつも呟いていた詞のフレーズは今も生きてる。シルバーグレイになった顎鬚の優しそうなフォークシンガーの顔を思い出していた。（年齢を重ねても、やはりあの頃とかわらないか……）微かに笑いを堪えるような僕の顔を、比呂は不思議そうに見ていた。

六月下旬に僕と比呂は上越市にある藤井高也の自宅を訪れた。闘病生活の藤井高也にとって長時間に亘る面会は、体力的にかなり厳しいものであったはずだ。しかし彼は僕の気遣いを先に制するように、

「私も母と同じように肺の病です。母とは違い結核ではありませんが。肺癌です。少し話が聞きづらいかも知れませんが、お気遣いなさらないように。貴方とお話ができるのはこれが最初で最後かも知れませんので」

藤井高也は母の容子から聞いて知っている限りの父である敏雄と弟分である倉嶋隆志のエピソードを身振りを交えて語ってくれた。

僕は高也の母の容子が、小柄で可愛いだけの女性ではなく、聡明さも持ち合わせていたことを話の内容から感じとった。おそらく父隆志も二人の様子をみて、敏雄が彼女と所帯を持つ理由と、敏雄が結婚を機に組から足を洗う決心をしたことも容易に理解したはずである。僕は彼の話を聞きながら、父隆志の憂いを含んだ優しい笑顔を思いだし気づいた。父の笑顔の中に漂う憂いは「自責の念」であったということを。それが父の生涯を通し片時も離れず心にあったのだ。敏雄と隆志のことを精一杯語ってくれる高也の姿をみながら

「人生とは切ないということを味わい尽くすこと」――ある本に書かれていた一節が僕の胸を一杯にしていた。

XIV　父のいる場所へ　二〇二二　夏

1

夢をみた。とても久しぶりに夢をみた。若い頃によくみた夢ではない。

夢の中の僕は、浜辺に立っていた。

石川啄木の『一握の砂』にあるような——東海の小島の磯の白砂——サラサラとした砂浜の波打ち際に僕は立っていた。

しばらく静かに打ち寄せる波音に耳を澄ませながら、足元を浸す白い粟粒の波が寄せては消えていく様を眺めていた。ふと側に誰かがいる気配がして顔を上げた。するとそこには、臙脂色のソフトボールチームの帽子を被った小学生の比呂が立っている。

「比呂。どうしたんだ？　こんなところで。誰と来たんだ？」

そう問いかけても比呂は何も答えないで僕の方をじっと見ている。僕は俄かに不安が押し寄せてきた。——比呂に何かあったのだろうか？——母の和枝は世話になった叔父が、亡くなる直前に「夢」に現れたと言い、身内に何かあると夢で知らせに来る。「夢枕に立つんだ」と、僕は聞かされていたからだ。

「比呂だろ！　何かあったのか？」

もう一度叫ぶように問い直した。すると

——僕は比呂じゃないよ　兄ちゃん——

という声が聞こえてきた。彼の口は動いていない。心の中でそう思ったのか、脳がそのように認知したのだろうか。困惑している僕の耳の奥で、——比呂ではない——と言った男の子の声がはっきりと響いている。その男の子は一枚のカードを僕に差し出した。トランプほどの大きさのカードで「猫」の絵……傘を持っている猫らしき姿が描かれている。僕は訳の分からない切なさと愛おしさがこみ上げてきた。その胸に詰まるような切ない感情で、涙が止め処なく溢れていた。

溢れ出る感情が波の音が遠ざかるように引いていく。と同時に目が覚めた。僕は泣き腫らした目で慌てて比呂の姿を探した。隣の布団で比呂が寝息を立てていた。

しばらくして、この夢の中での出来事を母の和枝に話す機会があった。すると思いがけない返事が返って来た。

「それは佑、お前の弟かも知れないね」

（えっ……）僕は言葉を失った。

母は僕を生んだ後、産後の肥立ちが悪く半年近く寝たり起きたりの状態であったらしい。そのため二人目の子どもを授かった時に、父の意向もあり、母の身体のことを考えてその子を中絶していたのである。

「佑、近いうちに家族で『宇田川ダム』に行ってきな。そんで、『父さんのダム』を比呂と麦にも見せてやってほしい。特に比呂にはな。夢に見たその子は、きっとお前の弟だと母さんは思う。比呂はその子の生まれ変わりかも知れないねぇ」

最近、年のせいか同じ話をよくするようになった和枝であるが、それは僕が還暦を過ぎて初めて知らされた事実であった。

――魔界転生か？　いやいや。それじゃあ比呂が天草四郎になってしまう。輪廻か――目には見えないけれど、確かに感じる縁や出来事を考えてみれば、

（何ら不思議ではないか……）

僕は母の言葉を信じる気になっていた。それともう一つ、僕にはとても気になっていることがあった。夢の中で比呂とそっくりな弟が、僕に手渡したトランプのような

モノ……。その時の絵柄がずっと頭から離れないでいた。鮮明ではないが脳裏に残っている。

「傘を差しだす猫」の姿であった。

2

「ロックフィルダム」の天端《てんぱ》に僕たちは立っていた。四十年以上前に父と二人で登った階段を見下ろしている。違うのは、多くの作業員が登った竣工間近であったその長い階段を、少し疲れ気味の僕の後ろで、

「ほら！　もう少しだから頑張って！」

そう言って、背中を押してくれたのが妻の真理子であったことだ。二人の子どもたちは先にダムの天端の中央にある建屋から眼下に広がる景色を眺めている。僕は真理子に手を引っ張られるようにその建屋に向かった。

「やっぱり、お父さんが一番体力がないね。少しは運動した方がいいよ」

二十九歳になる娘の麦が息を切らしながら天端に立った僕を見て声を掛けてきた。

僕たち家族四人が揃って旅行したのは何年ぶりであろうか。

「家族揃って旅行したのは、伊勢・志摩に行ったとき以来じゃない」

「そう、麦が小学校の六年生で、比呂が四年生の時だったかな」

真理子の言葉に僕はそう答えた。


――当時はまだ「伊勢・志摩ゆうパール」という郵政事業が管轄する保養施設が運営されていた。確か、子どもたちの夏休みが始まって直ぐだったと思う。その保養施設は伊勢・志摩地域では人気が高く、週末となると部屋を確保するのは大変であった。おまけに夏休みである。なおさら、部屋を取るのは難しいだろうと諦めていた。ところがその年の春に、僕が職場で大変世話になった上司が、施設の総支配人となったのである。これ幸いと無理を承知で頼んでみると、その元上司の計らいで、何とか部屋を確保することができた。伊勢・志摩への家族四人の旅行には、そんな経緯もあり今でもよく覚えていた。郵政事業が民営化される以前で、まだまだ元気な頃であった。

「私は、高速道路を降りて、伊勢志摩パール道路で車のCDから流れていた『スピッツ』の曲が忘れられない。比呂のこともあって、結構悩んでいた時期だったから」

懐かしそうに真理子は当時を振り返った。

小学校四年生になった息子の比呂は「トゥレット症候群」と診断された。小学校の三年生のある時期を境に、突然首を上下に振ったり、意味の無い言葉を発するなどの「チック症状」が始まり一年以上続いていた。

専門医師に相談したが、現在のところ治療方法は無いとのことであった。相談した医師からは小学校の低学年で発病することが多く、青年期に向かうと減少傾向にある。原因は不明であるが、何らかのストレスが引き金になっている可能性も指摘していた。一般には脳内のドーパミン神経の過活動が原因ではないかとも指摘されている。妻の真理子は、息子の比呂の症状が改善されないのを思い悩んでいた。当時は、県内の有名な精神内科にも相談し、薬物治療も提案されたが、僕自身が薬物の治療には積極的になれずに、気長に自然治癒を期待して見守っていく決断をしたのである。

現在の比呂は、完全に「チック」の症状は無くなったとは言い難いが、ほとんど気にならない程度まで改善している。真理子はその辛かった当時に家族旅行の車の中で流れていた『スピッツ』の歌声に救われたのであろう。

真理子は『ロビンソン』のサビの部分を歌いながら、僕のシフトレバーに置かれた手に、手を重ねた。――

僕は、その時のことを思い出しながら、ダムの建屋で手を振る比呂を見つめていた。

ダムの天端中央の建屋に着くと、四人で記念写真を撮った。伊勢・志摩への旅では、僕が愛用していた六〇〇万画素数のデジタルカメラを持参したが、今はスマートフォンで事足りる。普通に一千万画素数のカメラが内蔵されていて、まさに『THE ONE DEVICE』だ。アメリカ企業の開発したスマホは日本の最小単位の家族という組織にまで革命をおこしているな。そんなことを大仰にも考えていると、

「向こうの管理事務所まで行ってみる！　比呂いくよ！」

麦の声がしたと思うと、姉と弟は僕たち夫婦を残して、ダムの南端に見える管理事務所まで歩き出していった。

（大原に射す夕日とはまた違うな）

ダムの山間から眼下に広がる東近江の平野に傾く日の明るさに、柔らかな暖かさを感じながら、僕は真理子を訪ねた「あの日の大原の夕日」を思い出していた……。

――晩秋の大原の夕暮れは早い。寒気とともに紅葉色の光に包まれ太陽が山間に沈むころであった。僕は真理子に声も掛けられずに、京都バスの大原停留所前のベンチで蹲るようにして京都駅への最終バスを待っていた。一七時五分発のバスが到着する一〇分ほど前であった。バスの利用者のための駐車場に勢いよく茶色の軽自動車が飛

び込んできた。ドアを勢いよく閉める音が、閑散としたバス停に響いた。そして車を降りた女性が京都駅行きのバス停に向かい勢いよく駆けてくる。小さなバスターミナルに女性の靴音が響く。思わず僕は彼女に目を向けた。真理子であった。咄嗟のことに僕の思考回路は完全に停止していた。PCでいうところの「フリーズしていた」というのが最も適当な表現であろうか。彼女は僕に近づくと、いきなりシャツの袖を掴み人が並んでいない場所まで引っ張っていった。

「また、私の『耳だけ見て』何も言わずに黙って帰るつもり！」

彼女の良く透る声だけがバス停に響いた。

「ごめん。すまない……。怒らないでほしい」

それから後は、僕が彼女に何を言ったのかはよく覚えていない。覚えているのは、

「たまたま……郵便局に戻ったから……良かった……」

「怒らないと……泣くしかないじゃない！」

そう言った彼女の溢れ出す涙が、抱きしめた僕のシャツを濡らしたということだけであった。――

3

「どうしたの？　ぼーっとして？」

ダムの建屋から眼下に見える平野に日が傾くのを静かに眺めていた真理子が、僕の横顔を覗き込みながら尋ねた。

「いや、相変わらず君の『耳』は綺麗だなと思ってね」

「いま、ダムの夕日を見ながら大原の夕日を思い出してたんだ」

と彼女に微笑んだ。

「貴方が初めて、大原の両親と弟に会った日のこと？」

「そう。君の家に初めて行った日のこと。そして、その日の最終バスに乗れなくて大原の家に泊まったこと。そして、その晩……」

僕がそこまで言うと、真理子は慌てて僕の口を塞いだ。

彼女の耳はピンク色になっている。

――そうだった。あの日僕たち二人は、バス停から彼女の運転する茶色の軽自動車に乗り、真理子の実家に向かった。向かう途中で彼女が幼稚園に迎えに行った女の子は、弟の子どもであること。そして彼女は独身であること。もちろん恋人はいないことなどを僕に話した。僕はというと、未だに怯懦《きょうだ》な性格を克服できないでいること。そして大学当時はそれが心の中に棲みついて、「真理子の将来に責任を持つことに、まったく自信が無かったんだ」と言った。

「大学時代の君は、自分の選んだ道を進んでいた。そのことが眩しくて。とても羨ましかったんだ。僕はというと、本当に何をすればよいのかが分からなかった」

「それで、今はどうなの？」真理子が尋ねた。

「どうなるか分からないけど、この道を進もうと決心する人と出会った。それで郵便局の職員になることに決めたんだ。それから今でも『君が好きなこと』だけは分かったんだ」

僕は古山局長の話をした。そして今までの人生を「Ｒｅ・スタート」させるために大原に来たことも。

「君の消息だけが分かれば、自分の気持ちに整理がつくと思ったんだ。結婚したとかね」

「私の気持ちなんて、何にも考えてなかったの？」

真理子は実家の駐車場に車を停めると僕の顔を睨んだ。

「僕が一方的に君のことを好きだと思ってたんだ。君は優しいからそれにつき合ってくれたんだと……そう思っていた。あの頃の僕には、君が好きになる要素なんて何一つもなかったから」

「僕はフランスの小説家が言ったように『愛されるには技術がいる』ずっとそう思っていたんだ」

「バカ！　佑ちゃん、貴方私の『耳』に一目惚れしたんだよね。実は私も貴方と初めて話したとき『一目惚れ』したんだよ。だからランチにも一緒に行ったんじゃない」

真理子の言葉に、僕の大学生活の中で一番幸せだった彼女との様々な会話が蘇ってきた。僕はシフトレバーに置かれた彼女の左手を、しっかりと握りしめていた。

その日の吉澤家の夕食は、突然の僕の訪問で大変な事になった。てんやわんやというのはこのことである。近くの料理屋から仕出しが届けられ、真理子の父親の親族が酒を持参して宴会状態となった。

「ほんとに、何も無くてすいませんね。真理子が倉嶋さんが来るなら来ると先に言わないから」

（ごめんなさい……。こんなに大事になるとは思わなかったの）

真理子は僕に片目をつぶり、僕はというと、こちらこそ恐縮の極みとばかりに、母親の淳子に、ひたすら頭を下げた。――

時の流れは速いな……。ダム中央の建屋で僕と真理子が「大原での思い出」を語らっていると、ダム南端の管理事務所まで行っていた麦と比呂の姉弟が帰ってきた。

「管理事務所が開いていて事務所の人がいたので、ダムカードを貰ってきた」

姉の麦がそう言うと、

「ダムカードっていうのは、お寺の御朱印帳みたいなもんで、そのダムに行ったという記念に発行しているカードなんだ」

後ろから追いついてきた弟の比呂が妻と僕に説明する。仲の良い姉弟である。大学時代はアパート代を節約するために、一時期同じアパートで暮らしていたこともある。弟の比呂は姉の麦にはまったく頭が上がらなかった。そして比呂が「トゥレット症候群」と診断された後は、弟を守ってやるのは（姉の私しかいない）と思ったのであろうか、学校生活ではむろんのこと様々な場面で彼の盾になってやっていた。

あるとき、比呂に「兄弟は欲しくないか？」と聞いたことがある。彼の答えは「麦姉ちゃんだけで十分」「男同士ならお父さんだけでこれまた十分」

満足げに笑って答えたことが酷く嬉しかった。

「麦には感謝してるんだ」

僕がそう言うと、

「私もよ。あの子のお蔭で、どんなに救われたか」

真理子も麦を見ながら頷く。麦が出来たことによって二人の結婚は当初予定していたよりも早くなった。

――大原に真理子を訪ねた日、吉澤家の親族が三々五々引きあげたのは、結局午前一時を回っていたと思う。僕は成るべく注がれた酒を上手に躱しながら親族の相手をした。

「真理子を頼みます！」

顔を真っ赤にした父の英男は真理子の弟である良亮に肩を担がれて寝室に戻った。二階にある六畳ほどの和室に布団が用意されていた。僕は用意されたパジャマに着替えると、倒れこむように布団に潜り込んだ。（本当に目まぐるしい一日だった……）そう思った瞬間に意識は遠のいていた。しばらくして気がつくととても暖かい。誰かが僕を身体ごと抱きしめている。薄目をこじ開けると、石鹸のようないい匂いがした。豆電球の薄ら明かりに短い髪と形の良い綺麗な耳があった。真理子であった。――

4

「龍臨」という店の前に僕たちはいた。その店は駅前ビルの三階にあった。三十年以上も前に父と母と僕の三人で食事をした場所である。今日と同じように、生ビールのジョッキの泡を思わせるような雲が、時折日差しを遮り、吹く風が気持ちの良い季節は初夏であった。

「予約しました倉嶋ですが」

少し間をおいて、

「一七時半から四人様でご予約の倉嶋様ですね。ありがとうございます」との声で消毒と検温を済ますと、案内に立った女性店員に促され、六階にある円卓テーブル席に案内された。ようやく飲食店も感染症の警戒から、少しずつ日常を取り戻しつつある感じがする。

「へーえ‼　お城が見えるんだ！」

息子の比呂は、席に着く前に窓際から夕暮れの風景を眺めている。

円卓テーブルが交互に三つ並べられたオープンスペースの部屋は、窓から彦根城と周辺の景色が一望できるように配置されていた。窓際に最も近い中央の席に案内された僕らは、予約をしていた夜のコース料理が運ばれるまで、生ビールを注文し話し出した。

「父さん、この店に来たことあるの？」

娘の麦が言うのに対し、

「ああ。三十年以上前になるかな……。この景色の見える円卓テーブルで、お前らのお祖父さんとお祖母ちゃんとそして、お父さんの三人でビールを飲み食事をした」

「父さん、つまり、お前のお祖父さんとお祖母さんとお父さんの家族三人で酒を飲んだ最初の場所だよ。その後、お祖父さんは体調を崩し、酒が飲めなくなった」

「じゃあ。ここは、お祖父さんと酒を飲んだ最初で最後の場所か……」

麦の少し感傷的な言葉に、

「うん。そういうことになるな……」僕も少し感慨深げにそう答えた。

食事中に店の担当者に、この店の創業を聞いてみた。記憶の断片にはあったが、やはり創業は一九八〇年の春であった。現在はこのビルを所有する井上工務店という会社がオーナーであるとのこと。「龍臨」という店は、父の最後の仕事となったダムが完成する前年の春に開業したのだ。そして、その年の初夏に僕たち親子三人はこの店で食事をし、父と僕はこの場所で酒を飲んだんだ……。そう思うと、感情の箍《たが》が外れてしまい、このままでは涙腺が崩壊するかも知れない。僕はそう思いながら、鼻の奥からのツンとなるような痛みと共に、スーッと流れてきた鼻水と一緒に言葉を飲み込んだ。

「佑さん……。貴方がお義父さまを亡くしてからずっと抱え続けてきた心の痛みは、少しは緩和された？」

「ありがとう。長い旅が終わったような気分だよ。これも君と子どもたちがいたお蔭だ」

　妻の真理子に笑い顔を向けながら、

「笑ってないと、泣いてしまいそうだ」

　と言うと、

「泣いたっていいじゃない」

　真理子のその言葉に、僕は堪えていた涙腺が崩壊した。ポロポロ〳〵と涙が零れ落ちた。そうして何度も……、何度も真理子に肯いた。その様子を見ていた子どもたちは僕の気持ちを察したのか、

「お父さん、もう一杯飲んでいい!?」

麦が言うと比呂はすかさず、

「今度は、お祖母ちゃんを誘って五人で来ようよ」

そう言うと、入り口付近にいたウエイトレスに勢いよく手を挙げた。

――レモン酎ハイを頼む息子の姿が、あの初夏の日に嬉しそうに生ビールの追加を頼んだ母の姿と重なった――


宇田川ダムを家族で訪ねてからしばらくした頃であった。何気なく見た「YouTube」でのタロットリーディングのカードの一枚として、それは唐突に、僕の目の前に現れた。まるで東紀州の山間を走る列車が長いトンネルに入り、そこを抜けると海岸線の海に、反射する碧い彩光が鮮やかに眼に飛び込んでくるように必然的な顔をして。そう、「夢」での記憶の絵柄は「本を抱えた兎」の隣を「猫が傘を差して歩いている姿」であったのだ。

その瞬間に僕はすべてが分かった。それは、僕が大学を中退して働きだしたころ、駅に張り出してあったポスターの絵柄そのものであった。

不安そうに本を抱えた「うさぎ」は僕であり、雨の中を傘を差しかけ寄り添ってくれている「ねこ」は、あなたであったのだ。駅のポスターに記されていたじゃないか。

――君は一人じゃない――と。そう、僕はあの頃から一人じゃなかったんだね。

やっと気づいたよ。あなたは、僕のいる場所に必ずいてくれたんだ。

父さん……。

エピローグ

父を探す旅が終わり、僕は乃梨子のことを思い出していた。

一九九一年の春のことである。小松乃梨子は、八年間勤めた郵便局を正式に退職した。前年の冬に名古屋医療センターを退院した彼女は、そのまま名古屋に残り一般の通院患者となっていた。そして、僕は一九九二年の四月に正式に郵政職員に採用になった。約一か月の研修期間を経て、県内の中央郵便局に配属となった。郵政の研修所は名古屋の緑区にあったので、研修期間の非番日には「Träumerei」(トロイメライ)を訪ねた。理由は、小松乃梨子がスタッフとして店を手伝っていたのである。

笹森信介は、僕が彼女の『日々の作文』を渡すと直ぐに小松乃梨子の病室を訪ねた。その後、週に一回は彼女を訪れ励ましていた。笹森と小松乃梨子の止まっていた時間が、静かに動き出した。しかしそれは砂時計のように、限られた時を刻む砂が、サラサラと落ちていくものであった。

二人は、一九九二年の秋に結婚をした。そして、小松乃梨子は結婚から七年程経ったころ、再び入院をして帰らぬ人となった。僕は彼女との永遠の別れをする日に、彼女からの手紙を笹森に頼んで柩に入れてもらった。彼女の人生は、彼女だけのもので、彼女との思い出も、結局、彼女だけのものだと思ったからだ。

「乃梨子には、本当にすまなかったと思います。彼女と僕との間には子どもができませんでした。それというのも、彼女が大学を卒業したころ、僕の子どもを流産しました。その後の経過が思わしくなかったことに加え、この難病を患ったことで、彼女の身体が子どもを産むことに耐えられないということで……断念したのです」

笹森は乃梨子の葬儀が終わり、僕と二人になった時にそう話した。乃梨子は、笹森との間に子どもができたが、その子はこの世に生を受けなかった。そして彼女が流産した時期は、笹森が父の急逝により経営に苦しんでいた父親の町工場を継いだころであった。

「倉嶋君のお蔭で乃梨子に、いろんなことを含め償いができました。感謝します」

笹森の目袋には、指で押すと今にも止めどもなく流れ落ちそうな大きな涙の粒が留まっていた。


僕が彼女に会ってから三十年余りが過ぎ、彼女に「さよなら」を言ってから二十年以上の月日が経っていた。今、僕の手元には乃梨子から送られてきた葉書が一枚だけ残っている。彼女からの僕宛ての最後のメッセージであった。

「佑さん、お元気ですか。今年は桜の開花が早いと聞いています。毎年、マンションの近くの公園で、信介さんと風に舞う桜の花を見るのを楽しみにしていましたが、今年は病院の窓から近くの商業施設の駐車場を眺めることになりました。残念なことに病気が再発しました。必ず、元気で戻りたいと思っていますが、一つお願いがあります。彼には、私にとっての貴方のような友人はいません。どうか信介さんの友達でいてください。ベッドで貴方に聞いた「猫の傘と兎」の話を思い出しました。よろしくお願いします。退院したら、真理子さんと四人で食事をしましょう。　笹森乃梨子」

二十二年ぶりに、僕も君にメッセージを書こうと思います。

「笹森乃梨子さま
丁寧で清潔感のある可愛らしい文字。君の書く文字が、僕はとても好きでした。
そして、恋人とか恋愛とか、ましてや男女の間の友情とか……、そんなふうに「カッコいい」ものでもなく。僕は君が好きでした。
短い期間でしたが、音楽や映画や恋愛などの他愛もない話をして過ごした君との時間で僕はどれほど救われたことだろう。だから君の頼み事は断れません。僕は今も信介さんの友達でいますよ。雨でも大丈夫です。ようやく鞄の中にあった雨傘に気がつきましたから。

信介さんも君が亡くなって、様々なことで苦しみましたが、自分のいるべき場所を見つけたようです。それにしても僕はバカですね。この歳になってようやく「猫の雨傘と僕のいる場所」を見つけるとは。でも、君はあの時すでに知っていたのですね。その場所と猫の雨傘の意味を……。

そろそろ、君の残した最後のメッセージを彼に伝えようと思います。いいですよね。

親愛なる乃梨子様へ　倉嶋　佑」

メッセージを綴り終わると、
ふたりで見た映画の中での「ハリーとサリー」のやり取りが浮かんだ。

「I came here tonight because when you realize you want to spend the rest of your life with somebody, you want the rest of your life to start as soon as possible.」

（残る一生を誰かと過ごしたいと思ったら一日でも早い方がいい）

そう、こんな時代だからこそ一日でも早い方がいい。

君のために『Auld Lang Syne』（蛍の光）を流すよ……。

参考文献

『この国のかたち二』司馬遼太郎（文芸春秋社）
『鉄道郵便１１４年のあゆみ』鉄道郵便研究会 編（株式会社ぎょうせい）
『名作椅子の由来図典』西川栄明（誠文堂新光社）
『阪和線、紀勢本線』辻良樹 解説（株式会社アルファベータブックス）
『壽屋コピーライター開高健』坪松博之（たる出版）

倉澤　兎（くらさわ・はねる）

1959年生まれ。
早稲田大学卒業。公務員を経て、現在、東紀州に在住。

猫《ねこ》の雨傘《あまがさ》と僕《ぼく》のいる場所《ばしょ》

2024年1月10日　第1刷発行

著　者　　倉澤 兎
発行人　　久保田貴幸

発行元　　株式会社 幻冬舎メディアコンサルティング
〒151-0051　東京都渋谷区千駄ヶ谷4-9-7
電話　03-5411-6440（編集）

発売元　　株式会社 幻冬舎
〒151-0051　東京都渋谷区千駄ヶ谷4-9-7
電話　03-5411-6222（営業）

印刷・製本　中央精版印刷株式会社
装　丁　　川嶋章浩

検印廃止

Printed in Japan
ISBN 978-4-344-94655-2 C0093
幻冬舎メディアコンサルティングＨＰ
https://www.gentosha-mc.com/